生きて生きぬいて

毛利 悦子

毛利家の床の間　家紋の入った額縁

毛利悦子、生後50日お宮参り

新任教師時代の著者

三刀屋高校時代の著者

昭和63年　母の喜寿を出雲大社で祝う

平成４年　長男結婚の際の毛利夫妻

平成17年　沖縄への家族旅行

平成26年　毛利家の家族集合写真

平成５年　地域における書道指導

平成９年　内蒙古自治区成立50周年式典に招待される

平成11年　モンゴルでの折り紙による平和教育

モンゴル国立母子保健センター　入院中の子どもたちに折り紙を教える

平成12年　モンゴルに小学校を建てよう　馬頭琴の旅

著者の親友　紅梅さん（右端）とご家族

平成26年　大東町での平和学習

令和６年６月　於木次町チェリヴァホール
雲南市戦没者追悼行事での平和展

まえがき

人の一生というものは死ぬまでわからない、と申しますが、波乱の人生を送ってきた私も87歳、日本人女性の平均寿命を超えようとしています。まだまだやり残したことばかり、そう思いつつも、ここらでひとまず自分の歩んできた道を振り返ってみたいと思います。

私の人生は、ひとえに出会いによって生かされ、導かれ、気が付けば新しい方向へと足を踏み入れていました。

フフホトからの逃避行の最中、山の中で命を救って下さったリヤカーの小父さん、新任教員時代汽車の中で偶然出会った東井義雄先生、モンゴル行きの切っ掛けを与えて下さった春日行雄先生、折り紙教育の講師として招いて下さった山本寿子さん、自分が今あるのは〝このような偶然の出会いに逆らうことなく心身をゆだねた、このことによる恩恵である〟といえるのです。

ただ一つ、流れに逆らったのは54歳の時、周囲の反対を押し切って教師を辞め、世界平和の道に踏み出したあの決断でしょうか。

以来30有余年、地域での平和活動を皮切りに、中国・モンゴルなど戦中・戦後に受けた数々の恩を返すべく、世界平和のために、多くの方々のお世話を受けつつ微力ながら活動して参りました。

そこで、これまで私を導いて下さった先生方、そして私の人生を有意義にして下さった多くの友人の皆様に感謝を込め、更に私の家族、子々孫々にありがとうの心を込めて、自分史という形で記録を残すことにいたしました。

私は元来おとなしく目立たぬ性格でしたが、いやおうなしに降りかかってくる波にもまれて、ある時期から前向きで、積極的な面も持つようになりました。

只今我が家は夫と長男夫妻の４人家族、片づけを終えたら昼は資料をひもとき、昔をしのびつつ筆を執っています。

では、ごゆるりとどうぞ。

毛利悦子

目　次

八　足元を照らす

一　嵐の前の静けさ

フフホト移住

私の名前は毛利悦子、昭和11年9月6日、出雲の国は松江城を見あげる大橋川のたもとの御手船場町で生を受けました。両親とも出雲神話でおなじみ、斐伊川流域の大原郡木次町の出で、父「繁雄」は西日登、母「美登利《みどり》」は下熊谷に生家があり、昭和3年に結婚したようです。

西日登は斐伊川の東に、下熊谷は西に位置し、150メートル《メートル》の川を隔ててほぼ隣接しています。二つの集落とも、斐伊川の恩恵を受け、農業、殊に米作りが盛んでしたが、4年に一度の氾濫によって甚大な被害を受けていました。

明治6年の大洪水では、下熊谷が流砂によって6尺（1メートル《メートル》80センチ《センチ》）高くなり、以後水田は畑に転用されたようです。

一方、交通の便は大正5年、国鉄山陰本線の宍道駅から木次駅の間に簸上鉄道が開通、この路線はやがて広島県の芸備線と接続しました。

交通が開けたことで、松江や広島の文化がこの地域へも急速に流入してまいりました。

内蒙古併合自治政府巴盟《バメイ》公署

この頃の地域の原動力は青年団で、伝統行事の神楽・田植え囃子・夏祭り・盆踊り・相撲大会のお世話をするなど、地域に活気をもたらしていたようです。

ところが、昭和に入ると日本と隣国の戦争が激しくなり、昭和6年の満州事変、12年の日中戦争によって青年団活動は軍事活動に転用されました。16年、太平洋戦争に突入すると、小学校も国民学校と改称されるなど、我が国は戦争一色となったようです。

そんなあわただしい国情でしたから、父は結婚して間なし松江市役所に職を求め、家も松江の御手船場町に引っ越しました。

結婚して7年が経つのに子どもに恵まれず、両親は養子を貰うことも考えたようですが、やっと私が誕生したのです。父母は大いに喜び、「悦子」と名付けて可愛がってくれたようです。

言い伝えによりますと、父方の先祖は戦国時代、尼子を滅ぼし中国一円を治めた武将「毛利元就《もとなり》」とのことで、私たち子孫の誇りです。父は私の誕生を祝って、毛利家の家紋の入った記念となる品をと、松江市内を探し歩いてくれたようです。

次女は2年後の昭和13年8月の誕生で、「篤枝《あつえ》」と名付けられま

当時のフフホトの町

した。私と違ってとっても元気がよく、親の言うことをよく聞く子でした。

そんなある日、我が家は内モンゴルへと移り住むことになりました。

日本は5年前の満州事変により満州全土を占領、その勢いに乗って昭和12年、日中戦争へと戦いを広げたのです。

満州の隣国である「内モンゴル」は日本と友好関係にありましたから、首脳部は、内モンゴルを我が国の防衛線とし、ソ連共産党の進入阻止や中国との戦争を有利にすすめるために利用しようとしていたようです。

政府から、全国の役所に要員派遣の指示があり、当時、松江市役所に勤務し、なにごとにも前向きであった父は、喜んで中国行きを決断したのです。

父の他に島根県から数名の方が希望されたようですが、詳しいことは分かりません。

父が松江を出発したのは昭和14年のことです。当初は父だけの単身渡航でしたが翌年11月、家族を迎える環境が整ったということで、私たちも内モンゴルの厚和《こうわ》（現内蒙古自治区の首都でフフホト市）へ移り住みました。

父は、「内蒙古併合自治政府巴盟《バメイ》公署」の行政官という任務に当たっていたようです。

内蒙古政府勤務の父
（昭和15年当時）

日本の戦争史

ここで、日本の戦争の歴史を振り返ってみましょう。

17世紀に入って、鎖国政策に転換した日本でしたが、18世紀後半、産業革命に成功した西洋がアジアに食指を伸ばし、１８５３年、アメリカの黒船が浦賀に来航したことから、遂に開国を余儀なくされました。

18世紀以降、どこの国も自国の利益を優先して様々な理屈を付けて相手国に仕掛けていますが、大国ロシアの弱味は「不凍港」をもち得ぬことで、冬場でも凍らぬ朝鮮半島は大きな魅力でした。一方、日本は国土が狭いこともあって、明治の中期以降大陸に進出するところとなったのです。

まず、１８９４年（明治27年）日清戦争です。

隣国である朝鮮が清国に占領されては困る日本は、朝鮮半島を支配しようとする清国と対立するところとなり、日清戦争に打って出ました。戦いは日本の圧勝に終わり、翌年「日清講和条約」が結ばれ日本は台湾を獲得し、遼東《りょうとう》半島の一部を割いて取得することが決まりました。

朝鮮半島に進出を狙っていたロシアは、日本の台湾進出はやむなしとしつつも遼東半島割譲に激しく反発、ドイツ・フランスと手を結び清国に返還させました。

一方、イギリスは、ロシアの満州占拠、朝鮮半島進出を快く思っていなかったため１９０２年、日本と同盟を結びました。その後もロシアの朝鮮半島進出が続いたことから、日本は防衛の手段として１９０４年（明治37年）日露戦争に打って出たのです。

世界中がロシアの圧勝を予測していたようですが、日本国民は結束して戦い、ぎりぎりのところで勝利を収めることが出来たのです。

１９２２年、ロシアはユーラシア大陸北部に存在した15の社会主義国を併合して「ソビエト社会主義共和国連邦」（「ソ連」）を構成しました。

ソ連は、重工業や鉱業エネルギー面で驚異的な発展を遂げ、１９２４年（大正３年）には南下政策としてモンゴル人民共和国を建国しました。

一方、ソ連共産党の南下を阻止し、満州や内モンゴルに進出しようとしていた日本は、1931年（昭和6年）満州事変を起こしました。

満州事変は、満州駐留の大日本帝国陸軍「関東軍」に譲渡された南満州鉄道の線路を、中国の仕業と見せかけて自ら爆破した侵略戦争です。この戦いの最中、我が国の管理下にあった「撫順炭鉱」が襲撃を受け、その報復として罪のない地域住民3千人を広場に集め虐殺し、証拠を隠すために崖をダイナマイトで爆発し死体を隠した「平頂山《へいちょうざん》事件」があります。欺瞞戦術《ぎまんせんじゅつ》を用いた戦闘の末、関東軍は約6カ月で満州国を建国したのです。

日本の大陸への侵略は続き、1937年（昭和12年）中国との戦いとなりました。日中戦争は支那事変ともいわれたようですが、私が生まれた翌年の7月7日の七夕の夜に始まったのです。

北京郊外の盧溝橋という橋の付近で、演習中に発射不明の銃弾が飛んだことをきっかけとして紛争が生じ、日本政府はこれを利用し侵略に打って出たようです。

そのさなかに、中国とモンゴルの国境のノモンハンで我が国とモンゴル人民共和国の衝突事件が起き、ソ連軍はモンゴル人民共和国と連合して日本軍・満州国軍連合を攻め、日本軍は完膚なきまで叩きのめされたのでした。

日中戦争は北京から上海・南京・武漢と広範囲に及び、1940年（昭和15年）日独伊3国同盟を締結、この戦いで日本は使用が禁止されている毒ガス兵器を用いたほか、略奪・放火など、ひどい仕打ちで戦いを有利に展開したようです。

日中戦争の戦いの最中の１９３９年、第二次世界大戦が勃発、日本は１９４１年（昭和16年）12月８日に参戦、真珠湾攻撃によりアメリカに先制攻撃を仕掛けたのです。同月ドイツとイタリアも宣戦布告し、交戦地域は全世界へと拡大、人類史上最大の戦争となりました。

この戦争は当初日本など同盟国が優勢を保ち東南アジア諸国を占領したものの、やがてアジア太平洋戦線でアメリカなど連合国軍が反撃に転じました。

１９４５年（昭和20年）にヒトラーが自殺してドイツが無条件降伏、アメリカによる日本国土進出の中で、最後まで戦った日本も８月、広島と長崎に人類史上初となる原子爆弾の投下を受けるところとなり、８月９日ソ連が日ソ中立条約を破棄して参戦、８年に及ぶ大戦は日本の無条件降伏となったのです。この戦いで日本軍は、７３１部隊による人体実験や細菌戦など、非道極まりない悪辣さを世界に知られ、内にあっては国民を欺く宣伝を繰り返し、我が国を泥沼に引きずり込んだのです。

日本の戦争の歴史は、軍部の独走による非道の連続で、敗戦は自業自得であったのではないでしょうか。

お手伝いさんが４人

話を、内モンゴルの父の仕事に戻しましょう。

ソ連が南下政策としてモンゴル人民共和国を建国し、日中戦争が拡大し混乱を極める中で、我が国は内モンゴルとの良好な関係を基盤として、１９３９年（昭和14年）蒙古連合自治政府の樹立を支援しました。そして初代の首席である徳王と連携して内モンゴルをソ連共産党侵入阻止のための「特殊防共地域」に指定したのです。必然として我が国の役割は増し、国内の若者をモンゴルに駆り出したということのようです。

私が４歳の時のことでした。まだ見ぬ国への憧れと不安で胸をときめかせながら大きな船に乗り、海を渡って汽車に乗り、内モンゴルの厚和の町に着いたのです。

久しぶりに見る父は、山高帽に厚手の背広をかっこよく着こなし、明るい笑顔で私たちを迎えてくれました。

どんな仕事をしていたのかは知りませんが、「内蒙古併合自治政府巴盟《バメイ》公署」の行政官という任務に当たっていたようです。

何度か転宅をし、最後に住んだ家は厚和の中心街にあり、高い赤レンガの塀に囲まれた大きな屋敷で、中国人の家の３倍ぐらいの広さがありました。私が生まれたのは松江の大橋川の畔の小さな

篤ちゃんの七五三　家族４人揃って

家でしたから、子どもながらにその立派さに驚きました。

屋敷の周辺に赤いユリの花やナデシコのような花が咲き、夜になると星が輝き、天の川がきれいでした。

家から百《メートル》の近くに、日本軍の兵舎があり、多くの兵隊さんが働いておられました。

日本人の屋敷には中国人のお手伝いさんが働いていました。我が家の場合、お手伝いさんは子ども1人に1人を雇っており、掃除や洗濯、食事の世話、遊び相手、散歩、歌のお稽古など、何でもしてくださいました。

3年後の昭和18年4月、私は厚和日本国民学校に入学しました。この学校は私たちが住む住宅街から1・5《キロ》離れた官庁街にありました。

私は、新品のセーラー服を着て、緊張して入学式に臨みました。クラスの仲間は70～80人もいたと思います。

日本の国民学校でしたが何故か日本人に交じって朝鮮人や中国人も何人かいました。でも、言葉の不自由さは感じませんでした。入学した時は知っている友達は1人もおらず、内気な私は声を掛

昭和18年　厚和日本国民学校入学式

けることも出来ずドキドキしていました。でも、日が経つにつれて、笑顔で声を掛けてくれる友達も出来ました。

私たちのクラス担任の寺田喜美枝先生は、体格の良いはつらつとした方でした。

入学後、しばらくの間は母に付き添ってもらいましたが、慣れたころから、お手伝いのタイタイさんが付き添って下さいました。手をつないで、赤いユリの花の咲く道を楽しく歩いたことを覚えています。

また、体調の悪い日は、中国人の引く人力車で送り迎えしていただきました。

私には幼稚園の経験はありませんが、妹の篤枝は幼稚園に通っていました。お手伝いさんに手を引かれ大声で歌いながら楽しそうでした。

当時給食というものはなく、私も妹も母やお手伝いさんが作ってくださった弁当を毎日小折に詰め、袋に入れて持っていきました。タイタイさんの作る餃子はとても美味しく、私は小食であったものの、それだけは残さず食べ、肉や魚などのおかずは食べきれず、しょっちゅう残しました。

「悦子、中国の人は食べたくても食べるものがないんだよ、ちゃんときれいに食べなさい」

いつも母に叱られていました。

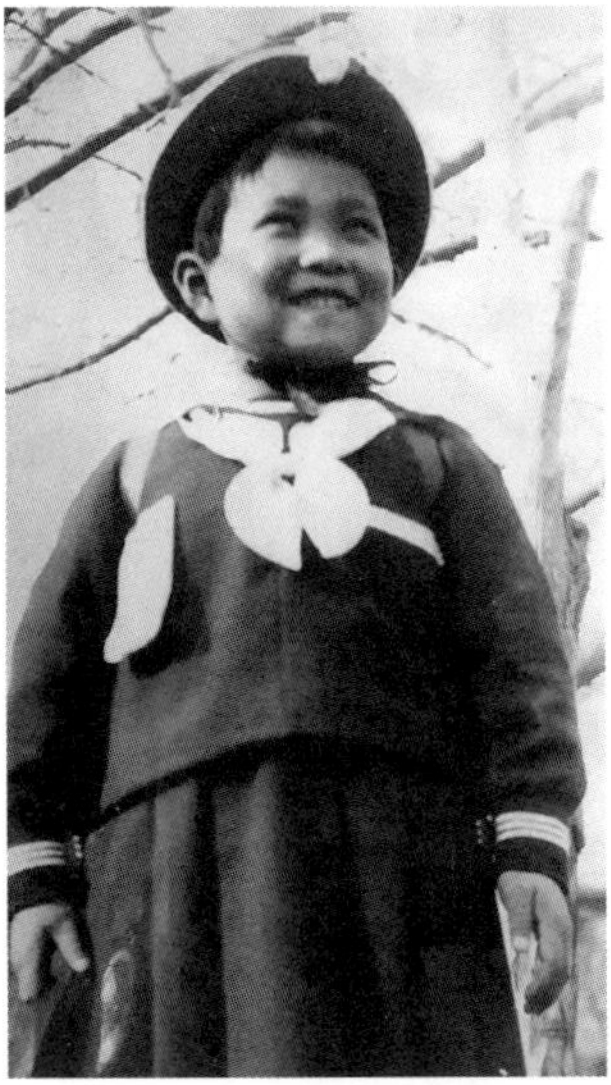
毛利悦子　日本国民学校入学

中国に行って2年後の昭和17年に3女「公子《きみこ》」が、4年後に4女「允子《のりこ》」が生まれ6人家族となり、お手伝いさんが4人になりました。

母は、趣味の針仕事で、子どもたちの着る洋服や遊び着や装飾品を縫っていました。日本人の女性を集めて針仕事を教えたり、お茶を飲んだりお菓子を食べて話すなど、楽しい日々を送っていました。

たまには中国人の女性も来られ、片言の会話が弾んでいたようです。

父は仕事で奥地の方へ出張して数日帰らないこともありましたが、お休みの日は家にいて、私たちと遊んだり勉強を教えてくれました。

また、マージャンが好きでしたから、日本人・中国人といわずよく遊びに見えました。2階の眺めの良い部屋で、大声を上げて賑やかに遊んでいたようです。

母は、４人の子ども全員が女の子のため、男の子が欲しかったようですが、それは叶いませんでした。

私たち日本人が何一つ不自由なく贅沢な日々を送る中で、中国人の人達は貧しい生活をしておられました。

内モンゴルは寒暖の差が激しく、夏でも20度には届かず、冬は毎日氷が張りましたから夜はとても寒く、それでも薄着で我慢しておられました。食べ物も日本人は米の飯を食べていましたが、中国の人は粗末なものであったようです。たまに来られた父のお客さんは、帰る時鞄に食べ物を入れて持って帰られました。

屋敷のしばらく先に、私たち子どもの出入りできない建物がありました。夕方になると日本の若い兵隊さんたちが普段着姿で何人か固まって笑いながらその建物へ入って行かれました。それがどういう建物であったのかは知りません。

二　命がけの逃避行

フフホト脱出

私が内モンゴルの生活に入って5年目の8月9日、その日は雲一つない澄み切った青空でした。いつもと変わらぬ朝を迎え、3年生の私は1年生の妹篤枝と手をつないで紫色の花の咲く道を登校しました。ところが、教室に入ったところで、突然様子が変わりました。

担任の寺田先生が、廊下を大慌てで駆けて教室に入って来られました。「皆さん、落ち着いて聞いてください。ソ連が攻めてくるので、急いでおうちに帰りなさい。そして、お母さんの話を聞いて逃げる準備をしてください。お友達ともお別れです。元気でいたらどこかで会えます……」先生はそこまで言うと言葉を詰まらせ、泣き出されました。私たちは、別れるということ以外意味も解らないものの、泣きました。

通信票、預金通帳などを返してもらい、挨拶もほどほどに学校を飛び出しました。既に町の中は騒然としていて、人や荷馬車などが激しく動き回り、大変なことが起きていると感じながら、わが家へ走り込みました。

「明日にもソ連軍が侵攻してくる。日本人は大急ぎで準備をし、脱出せよ」「男性は現地に留まり、女・子ども・年寄りだけで逃げろ」

家の内や外から、そんな大声が聞こえてきました。

母は1歳の妹を背負い、必死に部屋の片付けをし、そばで3歳の妹が泣いていました。

ところがどうした訳か、我が家の庭に20～30人もの中国人の男女が集まって大騒ぎをしているのです。

「我らは戦争に勝ったぞ！」

「日本は負けた、日本は負けたぞ！」

大声で騒ぎ、笑い、歌ったり踊ったりしているのです。数人の女性は、母が大事にしている洋服や着物、かっぽう着などを笑いながら着たり脱いだりしているではありませんか。母から貰ったのかな？　タンスの引き出しが開いたままになっているのです。

ところが、しばらくして、あれほど大騒ぎしていた小父さんや小母さんたちが、大声で泣き出されたのです。そして普段から私達姉妹を可愛がって下さった小母さん数人が、私たちの側にやってこられました。

「タークニャン」（上のお姉ちゃん）

「アルクニャン」（下のお姉ちゃん）

「ウオシーホアンニー」（あなたが好き）

そう叫び抱きしめて下さいました。息ができないほど強く抱かれ、悲しくて涙が止まりませんでした。

翌日、いよいよフフホトを脱出です。父は奥地へ出張していて連絡が取れません。私は〝このまま別れることになるのでは〟とひどく心配していました。

門の外では、トラックがエンジンをふかしたまま停まり、拡声器が大声を上げていました。「日本の皆さん、準備ができた人は早くこのトラックに乗って下さい。厚和の駅まで送ってあげます」「手に持てるだけ荷物を持って下さい。欲しいものがあっても持って帰れません」

拡声器は、同じことを何度も繰り返しています。私達は転げるようにしてトラックに向かいました。母は下の妹を背負い、3歳の妹の手を引き、いっぱい荷物を持っていました。私と妹はランドセルに教科書、ノート、学用品を詰め込み、小さい毛布を折りたたみ、紐で縛ってトラックに向かいました。

荷台の上から手を伸ばしてくれた人に引き上げられて、何とかトラックに乗り込みました。30分も揺られ厚和の駅に着きました。駅は大混雑していて、逃亡するため方々から集まった数100人の女性や子ども、老人が先を争って線路に走りました。線路の上で待っていたのは屋根のない無蓋車《むがいしゃ》という貨車で、鉄道員は走り寄る日本人をつかまえて、片っ端から荷物のように貨車に投げ込みました。私達の体は重なり合ったままで、下敷きになった妹は「痛い、痛い」と大騒ぎをし

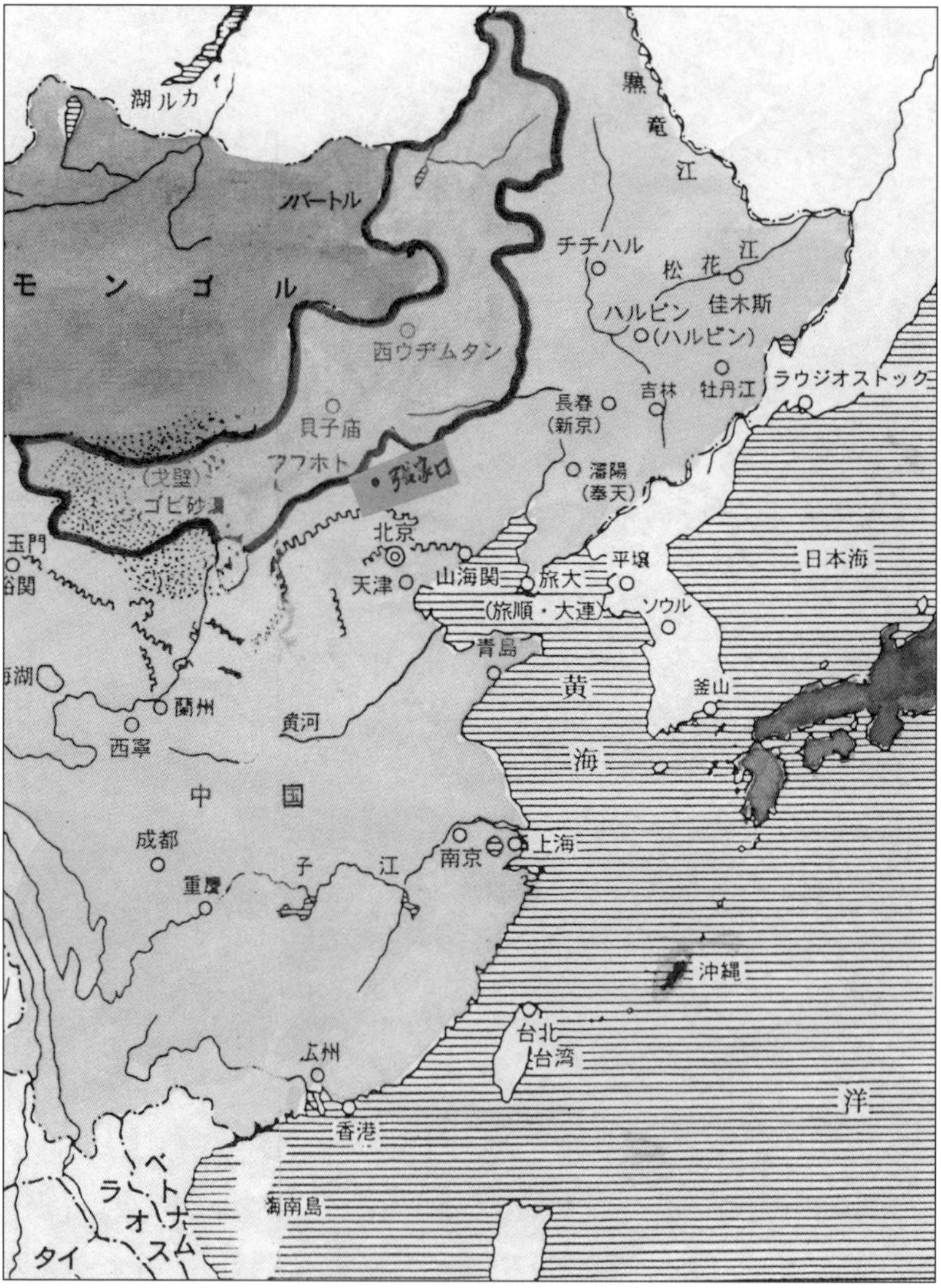

モンゴル
黒竜江
チチハル
松花江
佳木斯
ハルビン
(ハルビン)
西ウヂムタン
ラウジオストック
長春
(新京)
吉林
牡丹江
貝子廟
アブホト
張家口
潘陽
(奉天)
(戈壁)
ゴビ砂漠
北京
玉門
天津
山海関
旅大
(旅順・大連)
平壌
ソウル
日本海
青島
黄海
釜山
蘭州
西寧
黄河
中国
成都
重慶
子江
南京
上海
沖縄
台北
台湾
広州
香港
洋
ベトナム
ラオス
タイ
海南島

東アジア

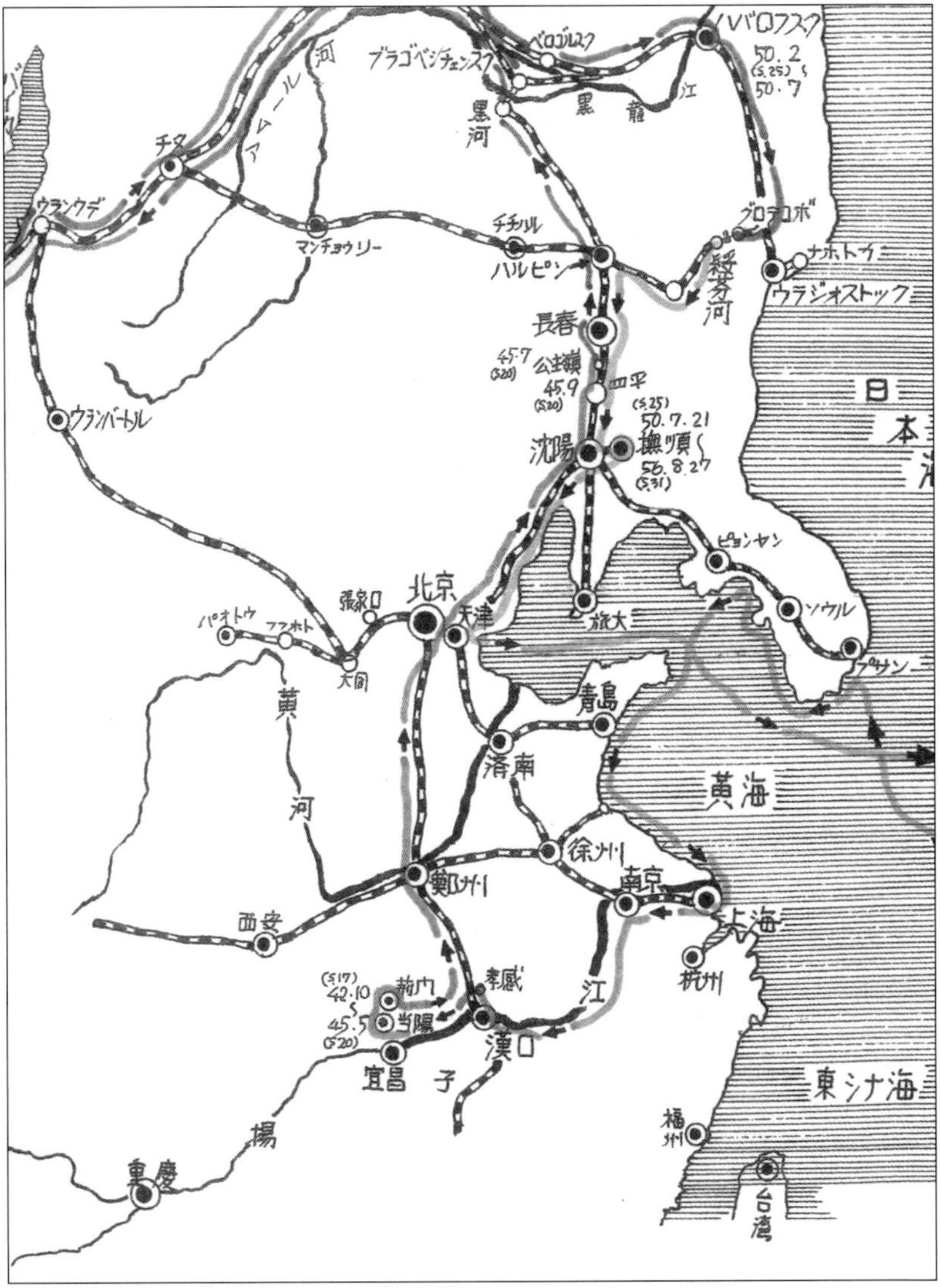

フフホト（厚和）、張家口、北京、天津の位置

ました。


そこへ1人の男性が馬に乗って駆け付けたのです。父でした。

「あんたたち、無事だったか、私は後から追いかけるから先に行きなさい！」

そういった父は、私たちの手を握り、荷台から身を乗り出した母と抱き合いました。

列車はゆっくりと動き出しました。手を振る父の姿が次第に小さくなり、見えなくなりました。

「お父さんとはもう会えないの」

母に尋ねましたが、母は肩を落とし涙をぬぐい、何も言いませんでした。


しばらく走り、自分の座る位置が確保できたのですが、臭い、臭いのです。気が付けば、家畜を乗せる貨車のようで、足元にうずたかく積まれた馬糞が夏の太陽に照りつけられむせかえり、我慢できぬほどの臭さで、みんな鼻をつまんでいました。

1時間も走ったころでしょうか。駅でもないのに汽車が止まりました。しばらくして「全員汽車から降りろ」と指示がありました。

意味も解らぬまま降りたところ、「線路が破壊されていて進めぬ」というのです。

私達は、リーダーの指示で線路から外れ、高い山の尾根のような雑草の生い茂った道無き道を、ひたすら歩き続けました。高いところを歩いたのは、いつ、どこから襲ってくるかわからぬ敵の攻撃を警戒したためのようでした。

翌日には持っていた食べる物も底をつき、飲み水もありません。そのうち銃声が聞こえてきたのです。

〝ドーン、ドドドン〟「逃げて、逃げて！　木の下よ、伏せて、伏せて！」

全員、樹の下などに隠れました。銃声が静まるのを待ち、恐る恐る、立ち上がって歩き始めました。

そのうち「大人数で逃げるのは危険だ」ということになり、50人位のグループに分かれました。

そして2日目の夜を迎えたのです。

モンゴルの夜は午後9時ぐらいにならないと日が暮れませんが、夕方になると急に寒くなります。この年の夏は殊の外暑く雨量も多かったものの、逆に夜は冷え込み、冷たい風が吹き寒さに凍えました。

私と妹は、紐で縛った毛布を取り出し紐をほどいて広げて体に巻き付け、母は2人の妹を抱いて毛布にくるまり寒さをしのいだのです。

3日目の朝のこと、昨夜あっちこっちでうめき声が聞こえていましたが、5人もの大人や子どもが死んでいました。それまでも、何人かが命を落としていましたが、今朝は多いのです。

亡くなった人はそこに穴を掘り土の上に寝かせ、顔を撫で、手を握ったりして別れを惜しみ、最後に身体の上に草を掛けその上に土を盛るのです。泣き崩れる家族を目の前にして、私も泣きました。

「大切な我が子とこんなところで別れることは出来ない」

死体をリュックサックに入れて背負って歩く人もおられました。

4日目、5日目も多くの人が亡くなり、道端に埋められました。みんなだんだん疲れ果て、穴を掘るといってもも木切れや石、手で掘るのですからとても辛く、そのうち道端や木の陰などに放置されたように思います。

命の恩人

我が家は幼児を含み4人もの子どもがいましたから、母は人一倍辛く苦しそうでした。

その内、1人を背負い2人目を抱いた母が集団について歩けなくなり、だんだん遅れるようになりました。もう丸3日、食事らしい食事もしておらず、私がとって来た畑の野菜や、草しか食べていません。母は、飢えと疲労で苦しそうな声を出し、とうとう歩けなくなり、2人の妹を抱いたまま道端にうずくまってしまいました。

その場所は、中華人民共和国河北省の「張家口」に近い農業地帯で、北は内モンゴル、南は万里の長城を隔てた北京市のはずれであったようです。

「お母さん、どーした」

「ウーン、ウーン、駄目だ、疲れた、悦子……。この2人の子、中国人に……預けよう、中国人に……」

逃避の日々が長期に及び、食べ物や安全確保に困るようになると、日本人の女性の中には、子どもを中国人に預けたり中国人の男性の妻になったりして、とにかく生き延びようとする人たちがいました。

昨日から泣き続けていた2人の妹は、疲れて声も出なくなりました。

「やめて！　それだけは絶対にやめて！」「どーすりゃええかね、死んでしまうよ」「……私と篤っちゃんが連れて歩くけー」「それは、無理よ……」「いいんや、連れて歩く、絶対！」

私は、首を大きく振って母に抱きつき、必死にしがみついて泣きながら頼みました。母も、私の勢いに負けたのか、黙り込んだのです。

先ほどまで一緒に歩いていた仲間は山を越してしまい、姿が見えなくなりました。いつもは元気のある妹の篤枝も、悲しそうな顔をして母を見ていました。大声を出して母に反対した私でしたが、実のところ畑に行く元気も、谷川に降りる元気もありません。

「ヒィー、ヒィー」「ヒィー、ヒィー」

そうすると、1歳の妹允子が喉を鳴らし、身体をけいれんさせるのでした。

「困った、どうしよう。このままだと、ここで死んでしまう……」

その時でした。山の向こうから、カタカタコトコトと、車輪のきしむような音が聞こえてきました。

……？　何だろう。何の音だろう……。

私は立ち上がって音のする方へ歩きました。その音は50メートルぐらい向こうの谷の方から聞こえてきました。恐る恐る木の枝の間からすかしてみると、リヤカーのようでした。

「あっ、車だ、リヤカーだ、リヤカーが来た」

車を引いているのは中国人の農夫のようでした。敵の兵隊かと心配していた私は、急に元気を取りもどして走ってその小父さんの方へ向かいました

「シェーシェー（ありがとう）小父ちゃん……」

小3の私には、それ以上言葉は喋れません。リヤカーの前に出て、木の向こうにうずくまっている母や妹を指さし、身振り手振りで一生懸命助けを求めたのです。

「オオ！　オオ……」

その小父さんは、リヤカーを停め、家族の方を眺めておられました。座り込んで声も出せない母と、弱った3人の小さな子どもを見つけて、何か独り言を言いながらリヤカーを母の側に寄せられました。そして荷台に手を伸ばされたのです。小父さんは、荷台の上の布袋から、青い色をした丸い物を取り出されました。よく見ると、それはリンゴでした。

「アア、ウウ……」

リンゴを私と篤枝と母に手渡されたのです。小父さんは、疲れ果てて歩けない母と2人の幼い妹をしばらく見ておられましたが、母に近づき、何か喋りながら手を出されました。

〝リヤカーに乗りなさい〟

の合図でした。座り込んでいる母の側により、動けない母の手を引き荷台に乗せて下さったのです。私が妹を抱き抱え、母に渡そうとしたところ、小父さんが抱いて荷台に乗せてくださいました。私たちは貰ったリンゴにかじりつき、音をさせて一生懸命食べました。母は2人の妹に口移しで食べさせました。

そうすると小父さんは、リヤカーを引っ張り始められたのです。仲間が去った方向に向かってです。

「ああ、助かった」

篤枝の方を向いて、私はそう言いました。私は涙が出るほど嬉しく、リンゴをかじりながらリヤカーの後ろからとぼとぼとついて歩き、気が付くと泣いていました。心の中で、その小父さんにどのようにお礼を言ったらよいかを一生懸命に考えていました。

この頃の中国の人は貧しくて、施しをする余裕などとてもなかったはずです。私達日本人は白米の食事を3度食べていましたが、中国の人は1日2食のコーリャン飯で我慢しておられたようでした。

日本人はいつもいい生活をし威張っていたから、助けを求めても知らぬふりをされたかもしれません。それでも仕方がなかったのです。それどころか中国は日本と戦争をしており、内モンゴルは他の地区と比べて戦争の影響が少なかったとはいえ、日本は敵だったのです。

でも、その小父さんは、そのような様子は全く見せることなく、大汗を掻きながらリヤカーを引き、坂を上って下さいました。

頂いたリンゴは緑色をした大きなもので、とても甘く、私たちは5人で分けて食べました。母から口移しで食べさせてもらっていた2人の妹も噛む元気が出てきて、やがてがつがつと音をさせて食べ始めました。公子は、よほど腹が減っていたとみえて、何度も母にせがみました。

途中、小父さんが谷川の畔でリヤカーを止めて下さり、持っていた小刀で竹を切り、竹の筒でみんなに水を飲ませて下さいました。それまで私たちは、道路の水たまりの水をすくって飲んでいましたから、何という冷たくおいしい水であったことでしょう。こうして、私たち家族5人は何とか元気を取り戻したのです。

母が歩けなくなった場所から目的地の「張家口」までかなり距離がありましたが、小父さんは親切にもリヤカーで張家口の駅前まで送って下さいました。

母は、泣きながら何度も何度も礼を言い、私も嬉しくて嬉しくて、妹と小父さんのそばにより丁寧に礼をして「シェーシェー」とお礼を言いました。小父さんもにっこり笑って、言葉を返して下さいました。

もしもあの時通りがかって下さらなかったら、いや、助けて下さらなかったなら5人の命はどうなっていたでしょうか、めったに人の通らない山道です。母親と2人の妹は間違いなく息絶えていたと思います。私や妹も、飢え死にしたことでしょう。小父さんは私達5人の命の恩人なのです。山を越え、谷川を下り、実弾の襲撃を潜り抜け、食べるものも飲むものもなくあちこちと移動させられ、そこでの生活はまるで生き地獄でした。病む人・産気づく人・亡くなる人・埋められる人、私たちはまさに生きるか死ぬかの境目をさまよっていたのです。

普段であれば、汽車で厚和から張家口まで7~8時間で着くところ、私たちの逃避行は山を越え谷を渡り道なき道でしたから、5日間もかかったのです。

張家口と玉音放送

張家口の駅の周辺には、方々から逃れてきた日本人の年寄・女子・子どもがたくさん集まっていて、担当の方から、それぞれ、当面世話になる日本人の家を割り振りされました。私たち一家は、歯科医師宅が割り当てられました。

「えー、5人だって、とても面倒見切れないわよ」

歯科医師の奥さんは玄関に立った私達を目にするなり、迷惑そうな顔をして大声を上げられました。時期が時期ですから、どこの家庭も生きるのが精いっぱいで、他人のことなど手が回りません。

そこへもってきて、何の縁故もない母子5人が転がり込んだのです。

広間へ案内されたものの、食事も風呂も戴けず、腹を減らした2人の妹は大声で泣きだしました。私はのどが渇いたので、お水を飲ませて下さいと頼みましたが、奥さんは機嫌悪そうな顔をされ、少しだけ飲ませていただきました。

そうこうしていたところ、ラジオの音が流れてきました。なんでも、太平洋戦争の終わりを伝える天皇陛下の放送ということでした。歯科医の居間には、近所の人や私たちと同じように逃げてきた日本人が次々と入ってこられ、姿勢を正して放送を聞かれました。何か大変なことのようで、意味は分かりませんでしたが私や篤枝も畳に正座をしました。

「……耐え難きを耐え、忍び難きを忍んで」

そのような言葉が今でも耳に残っています。でも、日本の国が戦争をしていたとか、負けるなどということが3年生の私に解るはずもありません。

夕方になりましたが食事のことも、風呂のことも何の話も全く出てきません。水を飲むことや便所に行くことも気兼ねをしなければなりませんでした。すると母が私と妹を隅に呼びました。

「ここを出るよ。荷物を持ちなさい」

そう言って、荷物をまとめさせ、奥さんにあいさつをしました。奥さんは一瞬不審な顔をされましたが、引き留められることもなく、5人は夕暮れの町に出ていきました。

この屋敷を出れば、今夜いったいどこに寝るのだろうか、神社や寺の屋根の下か、道端か……。

知らない土地の夜の町は何が起こるかわからず、とても怖くて心配でした。でも、奥さんに辛く当たられるよりはましだ、そう思い母に従いました。私たち一家が危険な選択をしていることは私にもわかり、覚悟したのでした。

母は、父から「困った時には尋ねるように」と言われていたらしく、張家口の駅のそばにある父の友達の家を思い出したのでした。

父の友達というのは、出雲と大田の境の多岐という海の畔《ほとり》で、名前は「桐原」という方でした。母と私が必死に探し回ったところ、その家は幸いにも張家口駅前から100メートル《メートル》位進んだ路地の向こうにありました。立派な門構えの家で、母が恐る恐る門をくぐり屋敷の庭に入っていきました。

「こんにちは、こんにちは、厚和の毛利です。毛利です」

「なに、毛利さん、毛利さんだと！」

屋敷の奥から、30代後半の男の人が出てこられました。

「おお、間違いない！　毛利さんだ、全員無事でしたか」「はい、命からがら逃れてきました。桐原さんこそ、お変わりございませんか」「うーん、いろいろあるが、まあ、入りなさい……」

母と小父さんは以前から面識があった様子で、涙を流しながらお互いに生きていたことを喜び合っておられました。私たちも母の後に付いて庭木の垂れ下がる門をくぐり、屋敷に入りました。

「実はな、いつか毛利さんが来るだろうと思うて、誰も受け入れず空けて待っておったところよ。ご主人もそのうち来られるだろう。さあ、遠慮せんで入りなさい」

履き物を脱いで、玄関の上り口から奥に入ろうとしたところ、私の足にリュックサックが引っ掛かりました。白い大きいリュックサックでした。ちゃんと口が閉まっていなくて、私は何気なく中を見ました。よく見るとそれは女の子の死体でした。

「うわっ、死んでいる！」

私は大声を出しました。

「ああ、近所の娘さんだ、夕べ亡くなられてなあ。今日にでも、埋めてあげようと預かっているところよ」

死体はその小父さんの知り合いの娘さんのようで、ソ連が攻めてきたその夜に病気になり、医者にも見せることが出来ず、死んでしまったとのことでした。どのようにして見送ろうかと思案しておられる最中、私たちが訪問したのです。私たち5人は、その死体に手を合わせました。

小父さんの家で食事をさせていただきました。我が家を出て以来、1週間ぶりの食事でした。その美味しいこと、美味しいこと、私は、まるで1年ぶりに食べたかのように感激しました。

お腹がいっぱいになり、5人とも気持ちよさそうにうとうとしていたその時です。突然、空の一角から、飛行機の音が響いてきたのです。そして、バリバリバリと、ものすごい音が轟き、屋敷がぐらぐら揺れたのです。

「大変だ、ソ連が攻めてきた、逃げるぞ！」

大声を上げた小父さんは、妹2人を左右に抱え、路地を走り抜け、50メートルも先の家のそばにある薄暗い穴の中へ潜りこまれました。私達も飛び込みましたが、それは地下の防空壕でした。

当時の日本の家は、戦災に備えてどの家でも床の下に穴を掘って緊急避難できる1坪ほどの防空壕を造っていたようです。張家口のその防空壕は、入り口は狭いけど奥は広くて2部屋ほどの広さがありました。母と、私たちは、転がるようにして小父さんの後から穴の中へ飛び込みました。既に20人もの人が折り重なって避難し震えておられました。

私たちが飛び込んだ後から、怪我人が続々と運び込まれました。

「ギャー、やられた！」「うーん、た、助けてくれえー」

顔中血だらけの人や、腹から血を流している人たちなどで、泣いている子どももいました。泣き叫びながら、外にいる人を助けようと穴から出ようとする人、それを、後ろから引っ張り、出させまいとする人、それはもう、地獄のようなありさまでした。

「どこの国の飛行機かは分からんが、爆弾を落とした。今に全員を殺しにやってくる！」

「今日という今日は、皆殺しにされる！　天皇陛下が負けたと言われた」

飛行機の爆音は、やんだかと思うとすぐ引き返してくるので便所に出ることもできません。キーン、キーンとうなり声をあげ〝ド、ドンー、ド、ドーン〟と破裂音が耳をつんざきました。両手で耳を塞いでも音がして耳が痛くなりました。

穴の中は真っ暗で、怪我をした人の治療をしようと、蝋燭を灯す人がいると「敵が見つけるから消せ！」と怒鳴る人などで喧嘩にもなりました。一晩中騒ぎは続き、眠ることなどとても出来ません。

爆発音や銃声が止むと、穴の上の方でバタバタと人の駆ける足音が聞こえ、恐ろしくてみんな声をたてることもなくおとなしくしていました。母も私も抱き合い、「今夜こそ殺される」と、覚悟を決めていたのです。幸い敵に見つかることはなく、朝まで防空壕の中は避難した日本人が震えていました。

穴の入り口から光が差し、朝が近くなってやっと飛行機の音が遠くに去り、「助かった」そう思ったのです。

私達は恐る恐る防空壕から出ると、小父さんの後に付いて歩きました。あちらこちらに死骸があり、私たち子どもはそれを見ぬようにして歩きました。家がぐじゃぐじゃに壊れて道をふさぎ、燃えている家、煙の出ている家などを避けながら黙って歩きました。昨日見た景色はまるで嘘のようでした。

幸いなことに、小父さんの家は庭木に囲まれた頑丈な建物であったためか、壊れかたも少なく、焼かれていませんでした。

それから数日間、ソ連は日本人の避難している張家口の町を執拗に攻めました。夜になると、飛行機がやってくるので、その都度防空壕と、桐原さんの家を行ったり来たりしました。

でも、私たちはこの土地を離れることは出来ません。「今にお父さんがここにくる。桐原さんを訪ねてやってくる、それまではここで待つんだよ」

母はそう言って、私たちを励ましてくれました。

父との再会

母の予感は的中しました。5日位経った昼下がり、私たち一家が居間で保存食の乾パンを食べていた時のことです。

「こんにちは、桐原さん、桐原さん！」

玄関で、大きな声がしたのです。母は、すぐ立ち上がって走って玄関に出ました。

「あ、あんた、あんた！」「おお、美登利、美登利！」

母の大声で、私と妹は玄関に飛び出しました。父と母が抱き合って泣いていたのです。

「お父ちゃん、お父ちゃん」

私と妹も大声で叫び、父に抱き着きました。下の妹もやってきました。

この時、宿のご主人は、飲み水を探しに外に出ておられ留守でした。

やがてその桐原さんが水の入ったバケツを手に、帰ってこられたのです。

「おお、毛利さんじゃ……。やっぱり来てくれたのう。無事で何より……。それにしても、えらい顔が変わったじゃないか」

「いやー桐原さん、頼るのはあんただけだ。懸命にここを目指してやってきた。家内や子どもがお世話になりすみません、感謝します」

髪も髭もぼうぼう顔は真っ黒、着ている服はボロボロで、はじめ私には、どう見ても父には見えませんでした。靴も破れていて、足から血が流れていました。

すっかり人相が変わった父を目にして、私も篤枝も、本当に父か？　と疑ったほどでした。

数日後、私達日本人仲間の一部に「青島引揚」の命令が出ました。

そこで私たち家族は、桐原さんと別れて、少しの手荷物をもって張家口の駅に向かいました。ところがその日のうちに「青島引揚」が中止となり、天津《てんしん》へ向かうこととなったのです。

ここで又、父と別れることとなりました。そのあたりのいきさつは私にはわかりませんが、母を始め、家族の落胆は大きく、母は、父に縋りついて泣き崩れました。

今度父といつ会えるのか、生きて会えるのかもわかりません。駅には私たちが乗る汽車が待っており、先着順に貨車にすし詰めにされました。遅く来た人は、あの無蓋車に乗る羽目となりました。私達は早く来たので、馬糞の臭いからは逃れられることとなりほっとしました。でも、父との別れです。辛く後ろ髪をひかれる思いで泣きながら汽車に乗り、母は窓から手を出して最後まで父の手を握り締めていました。

馬糞の臭いから逃れられることとなり、ほっとしたのもつかの間、別の厄介な問題が起きました。

大人も子どもも大小便がしたくなり、便所がないのにそれを何処でするか、どのように始末するかの問題です。走っている貨車ですから、貨車と貨車の隙間でする人もいましたが、子どもは危険でそれも出来ず、やむなく車内の隅で用を足しました。大小便の悪臭、衣服の汚れで車内には逃げ場がなく、とにかく大変でした。

臭いとか汚いとか言っておれず「我慢するんだ、頑張るんだ」と自分に言い聞かせて耐え抜きました。

途中、草原で戦車が10数台連ねて向かってきました。飛行機も爆音を鳴らして近づいてきました。

「ダメだ、もう駄目だ」

誰かが大声で叫びました。さすがに、生きている心地はしませんでした。でも、どうした訳か攻撃しなかったのです。あの戦車や飛行機はどこの国のものだったのでしょうか。今でもわかりません。

数日後、天津に着きました。ここでは、天津国民学校に収容されました。栄養失調・伝染病・皮膚病等で毎日死者が絶えず、付近の畑に埋められました。

1歳の妹允子は、高熱と皮膚の腫瘍で生死をさまよっていました。腕と足の内股に数カ所、赤黄色の大きな腫れものが出来たのです。傷口を消毒すれば広がりは防げるのですが医薬品はなく、ただじっと見ているだけで何らなすすべもないのです。母は心配と疲労のために、今にも倒れそうでした。

腫瘍は身体の内側の柔らかい肉にでき、放っておくと赤黄色く化膿し、膿みがほかの場所に付いて首といわず頭といわずどんどん体中に広がります。この頃、このできもので死んでいく子どもが後を絶ちませんでした。

允子の腫瘍は3歳の姉の公子にもうつり、公子はその痛みで1日中もがき苦しんでいました。手で絞って膿を出そうにも、化膿していないから膿が出ないのです。数日たって腫瘍がはれ上がり、化膿してきました。放っておくと身体全体へ広がり死んでしまいます。膿を出しても拭くものもありません。私はひらめきました。

「ヒャー　い、痛、痛い、やめて、やめて！」

いきなり妹の腫瘍に口を当て、左右の指で腫れものを絞り、流れ出る膿を口で吸ったのです。

「ぺっ、ぺっ」

黄色い血膿を口から吐き出しました。1回、2回、3回、ただただ夢中でした。

血膿を吸い取った跡は、2チセンぐらいの大きな穴が開き白い骨が見えました。大騒ぎをしていた妹が、泣きやみました。でも、傷口を消毒することも拭くこともできません。そこで消毒の代用品探しです。1年生の篤枝と、収容所の周囲を走り回りました。傷口の手当てに使えそうな、布や紙、草の葉っぱを探したのです。なんとか、布とか紙を見つけ「どくだみ」という薬草の葉っぱも採取しました。それで傷口の手当てをし紐で縛りました。母が動けない分、私と篤枝は懸命に妹を助けました。

26日、無精ひげぼうぼう、ボロボロの服、破れた靴、やせ細った身体の父が天津国民学校収容所に姿を見せました。まるで幽霊のようでした。

その時の驚きと嬉しかったことは言葉になりません。5人は、やせ衰えた父と抱き合って泣きました。

しばらくして母は父に言いました。

「貴方の血を、允子に輸血してやって下さい」

「輸血だと……？　してやりたいのは山々だけれど、わしが倒れたら家族が全滅する」

そう言って父は拒みました。医師もおらず、医療器具もない施設でしたから、そもそも母の要求は無理なことでしたが……。

母は日本に帰った後、何度もこの話を私に聞かせました。

9月初め、この学校が進駐軍の施設として使用されることとなり、収容者は移動させられました。行き先はバラック建ての粗末な建物で、私たち家族には一畳ほどの広さを当てがわれ、持って出た毛布1枚を敷き、重なり合って寝ました。風と寒さで死を待つかのようでした。あんのじょう亡くなる人が多くなり、空地や道路端に土葬されていました。

私は毎朝、1個のおにぎりの配給を受けるため、3時間も列に並びました。やっとおにぎりを貰い、小さく切って家族で分けて食べました。私と妹の毎日の日課は食べ物を調達することでした。中国人が作っている畑へ入り、こうりゃんや芋などを取って帰るのです。畑の作物を取ることが悪いことだとはわかっていましたがそうしないと生きてゆけず、日本人は誰もそうしていましたから。

二度目の命拾い

そんなある日の午後の事です。私と妹は、収容所から500メートル《メートル》も離れた丘の向こうにある大きなため池に向かいました。この頃の日本人は、口に入るものなら何でも食べました。道端の草や木の葉っぱ、花、木の根などは当然のことでした。

ある日道端で火を焚き、何か良い臭いのするものを焼いている人に出会いました。おいしい臭いがするので分けてくれるかもしれないと思って側に寄り見ていました。ところが足元に蛇の皮や、蛙の頭があるのを目にしたのです。さすがに気持ちが悪くなって逃げ帰った私でした。

でも、魚は魅力がありました。その池には大きな鯉が何100匹も泳いでおり、大きなものは50センチ《センチ》もありました。この鯉を獲ることが出来たなら大変な食料になる、そう妹と話し、池のほとりに置いてある釣竿を手にして鯉の収穫に乗り出しました。釣り竿には針が付いておらず、魚はたくさん寄ってきましたがとることが出来ないのです。そこで私は手づかみを試みました。鯉の身体が手に触り、掴めそうになるけれど、みんな上手に逃げていきました。

「とにかく一匹獲るよ」

そう言って釣り竿でバンバン叩いている時でした。突然足元の赤土が崩れてぬるぬると滑りはじめ、私は足を取られてずるずると水の中へ。そして仰向けに倒れました。

水音を立て、水しぶきを上げて池の中へ落ちたのです。私は泳ぎを知らなかったので手足をばたつかせ、一生懸命もがき草を掴んだのです。草は私の体重を支えきれず根元から抜け、私の身体はどんどん水の中へ。着ていた木綿の着物は水を含み、私の身体は土手から離れズルズルと深みに……。驚いた妹は、池の側を走り回り大声を上げました。

「助けてー、助けてー、誰か、誰か来てー」

そうすると、池のそばの3軒ほどある家の1軒から、1人の小父さんが飛び出し、池の周りを走って私の側にこられました。そして、池のほとりにあった竹竿を手にして、私に差し出されたのです。私は水をたくさん飲み、ほとんど意識がなく竹竿がちゃんと掴めません。その時小父さんが水の中に入られ、私の身体を捕まえてやっとのことで引き上げて下さったのです。妹の話では、小父さんの側に小母さんもおられ、小父さんが手にしている竹の端をしっかりつかんでおられたので、私は助かったようです。もし小父さん1人であったならば、私は溺れ死んだと思います。

私を引き上げた後、小父さんと小母さんは土手で焚火をし、着物を脱がせて、私の身体を懸命にこすって下さり、濡れた服を絞って乾かして下さいました。裸になり、身体をこすってもらう間、私は自生しているアザミのような刺《とげ》のある紫色の花をぼんやりと眺めていました。

私は、やがて意識を取り戻しましたが、ほとんど死んでいたのです。私達日本人は、毎日のように畑に入って野菜を取るなど、悪いことをしていましたから、溺れていても助けなくてよかったのです。日本人は中国人にひどい仕打ちをしましたが、このように、多くの日本人が命を助けられたのです。別れ際に芋の焼いたのを分けてくださり、私たちは泣きながら食べ、礼を言いました。

帰国

10月半ばごろ搪沽港《たんくうこう》のある天津に到着しました。搪沽は天津南東部50キロにある臨海地帯で、古くから砲台のある港として栄えていたようです。

港に到着して数日たったころ、船着き場に巨大な船が横づけされました。「興安丸《こうあんまる》」と書かれた大きな船には日の丸の旗が風になびいていて、この船に乗って日本に帰るのだと教えられました。私たち日本人は、しばらく待ってこの船に乗りました。

「ああ、これで日本に帰れる、ソ連とかいう恐ろしい国から逃げられる」

子どもながらに感慨無量で、出船の汽笛を聞きました。

船の周りにはたくさんの中国人が集まり、大声で別れの言葉を仰って下さり、手を振り見送って下さいました。男の人は上着を脱いで懸命に振って下さいました。私は胸が詰まり、港が遠くなるのが悲しくて大声で泣きながら手を振り続けました。

興安丸は１２０メートルもある大きな舟で、日本人であふれていました。船内でも数人の幼児が亡くなり、その都度水葬されました。遺体をロープで縛り、船が海中をぐるぐると何回か回転した後、汽笛の音とともに遺体は海中へと捨てられるのです。その時の汽笛の音の寂しげなことといったらありません。

海中で水葬しなければならなかった母親の「ごめんねー」という悲痛な叫びが、今でも耳から離れません。


昭和20年11月16日、興安丸は九州の博多港に到着し、私たち家族6人は無事帰国を果たしました。

「ばんざーい、ばんざーい」「あー、日本だ！　帰った、帰った」

大きな声を張り上げて喜ぶ人、涙を流す人、みんなみんな喜びでいっぱいでした。

「あー、日本だ、全員戻れた。良かった」

父が笑顔になり、母も久しぶりに声を上げて笑い、私達も手をつないで喜びました。何はともあれ、親子6人全員が無事日本の地を踏むことが出来たことは、奇跡ともいえたのです。

博多港に上陸した日本人は、DDTを頭のてっぺんから足のつま先まで吹き付けられました。

帰国者は誰でも頭や身体に蚤《のみ》や虱《しらみ》を寄生させていましたから、DDTの嫌な臭いも全然気にならず、我慢できました。

船の中で親しくなった人たちに「またいつか会いましょう」と声を掛け合って別れ、それぞれの郷里へと向かいました。

三　母の諌《いさ》め

永住の地　木次町新市

2日後、引揚者を乗せた臨時の汽車は島根県入りし、宍道駅で乗り換え、汽車が木次駅に着いたのは夜中でした。6人とも着ているものは破れに破れて裸同然、靴はすり減って裸足のようなありさまでした。灯一つない真っ暗な町を、母の実家のある「下熊谷《しもくまたに》」へと歩きました。この時代、電話はなく、乗り物もないのですから不安と恐ろしさで、2人の妹は泣いていました。

私や篤枝は、とにかく腹が減り喉が渇いていましたから、母の実家までの1・5キロの道中「おじいちゃん所へ帰ったら食べるものがある？」「おいしい水が飲める？」と繰り返し聞きました。中国での命からがら逃げた3カ月は食べ物がなく、畑の野菜や水たまりの泥水を掬って飲むことが習慣になっていましたから。

何の前触れもなく、私たち一家は母の実家の玄関に立ち戸を引きました。「高尾」という表札の文字がかろうじて読めました。すでに12時を回っていましたから、高尾家は完全に寝静まっていました。

「美登利だよ！　美登利が帰ったよ！」母は、何度も大声を上げ、家の前や後ろに回り、扉を激しく叩きました。しばらくして鍵が開きました。

「美登利？　本当に美登利か？」

祖父は、私たちが生きて帰ると思っていなかったようで〝まさか〟とびっくりして口を開け、目を見張るのみで、しばらく声が出ませんでした。

「美登利です。美登利が帰ってきました」

母が声を詰まらせながらそう言うと祖父は〝おおっ〟と泣き崩れてしまいました。そしてみんなで、抱き合って大声で泣きました。

あれほど腹がすき、喉が渇いていたのに、その夜私は何を食べたのか、何を飲んだのか、さっぱり記憶にありません、それほど餓《う》えていたのです。

翌日の朝食には、おいしいお米の白いご飯とみそ汁、干し魚の焼いたの、卵焼き、漬物などのご馳走が並びました。久々に見た見事に並んだ飯台のご馳走を、私たちはものも言わずがつがつと食べ、食べまくりました。

食事の後、母が姿勢を正して祖父に頼みました。

「しばらく世話にならんといけんので、お願いします」

「身体を治すことが第一だ。心配せんでもええ、ここに居ったらええ」

永い間の逃亡生活で私たち6人はやせ衰え、頬はこけ、手足は骨ばっていましたから祖父は身体のことを第一に考えてくださったのです。1歳と3歳の妹は、あれほど苦しんでいた腫瘍も黄海《こうかい》の塩水で毎日洗ったお陰か、腫れものは影をひそめ、傷はかさぶたになっていました。父母も妹も私も病気は持って帰らなかったので、食べることで徐々に元気を取り戻しました。

家族、そして親族にとってなによりもの歓びは、6人全員が無事で故郷の土地を踏めたことです。多くの日本人が逃避行の最中命を失い、日本を捨てる選択を余儀なくされたり、大怪我をして障がい者となったり、病の身となったにもかかわらず、これはまさに奇跡でした。

3日目から父は仕事探しでした。厚和から何一つ持ち帰れず無一文でしたから、1日も早く職に就き、稼がねばなりません。

伯父さんたちが知人に頼むなどして、日当の良い所を探してくださいました。そのうち、就職先が数カ所見つかり、その中で最も条件の良い「日本通運」という運送会社が父の職場となったのです。

半月もすると私たち一家は、母の実家から斐伊川を渡り西日登の父の実家「毛利家」に移りました。

毛利家は3世帯13人の大家族のところへ、私達6人が転がり込んだものですから、上を下への大騒ぎでした。なんせ、子どもが10人はいましたから……。

それでも1週間ぐらいまではよかったのですが、そのうち子ども同士にトラブルが生じました。食べ物の争いです。魚や卵焼き、芋や餅を煮込んだ雑炊など美味しいものになると早い者勝ち、取り合いの喧嘩になったのです。私も妹も食べ盛りでしたから男の子に負けず、美味しそうなものには目を光らせていました。

「お前やちが来たけに、飯が腹一杯食えんわや」

しばらく経ったある日の昼下がり、子ども6人が庭で遊んでいた時のことです。爺ちゃんの孫にあたる私と同い年の男の子が、口をとがらせて大声で文句を言ったのです。

私は、居候の身でありながら箸ばかり出していたのです。申し訳ない気持ちでいっぱいになり、そのことを母に告げました。顔をしかめた母は、とにかく早くこの家を出なければ、と一生懸命住む家を探しました。そして2週間後、とりあえず下熊谷の母の実家の離れに住まわせてもらうことになりました。

日通の作業着を着てさっそうと勤めに出る父を見て嬉しくなり、4人姉妹が揃って大きな声で「行ってらっしゃい」と玄関で見送ったものです。

しかししばらくして、父が急に体調を悪くしました。そのころ日本中に流行していた「マラリヤ病」に掛ったのです。働くことが出来なくなり、父はあえなく自宅療養することになりました。

棄てる神あれば拾う神、ではありませんが、父の実家の兄嫁さんから「木次の新市という集落に小さい家が見つかった」との連絡が入りました。その家というのは、建築途中で取りやめたもので、買ってくれる人を探しておられるというのです。父母はこれに跳びつきました。

とりあえず生活できるように1間ほど造作してもらい入居したのです。お金は「ある時払いの催促なし」この上ない条件でした。兄嫁さんの心遣いは、今の時代では考えられないような温かいもので、家族一同心からで感謝したものです。

新市というのは、下熊谷からすると木次の町の中心に寄っており、国鉄の木次駅や役場、学校などが近くなりました。でもその反面家が密集していましたから、子どもの多い我が家は、なにかと気を遣う事ともなりました。

校長先生に正座

この頃、私と妹にとって重大な問題が起こりました。木次に住まいを得た私たちは、3学期から木次小学校で勉強するため、転校を申し入れたのです。

ところが学校側は「2学期1日も学校に行っていないから3学期の編入は無理、4月から」との返事だったのです。

内蒙古の2学期はソ連が攻めてきて学校閉鎖となり逃避行のさなかでしたから、学校など思いもよらぬこと、何とか認めてもらえないものか。このまま4月まで家で過ごすことはとても耐えられない……。そう思い、繰り返し申請したのですが良い返事はありません。

さんざん悩んだあげく、私は両親には内緒で校長先生にお願いに上がりました。吉田定善《ていぜん》という校長先生でした。そもそも内気な私でしたが、無我夢中でした。

「校長先生、一生懸命頑張りますのでお願いします」

床に正座をし、涙を浮かべて懸命にお願いしました。校長先生は考える様子でしたが一言も口をきかれず、私は半ばあきらめて3日が過ぎました。そうすると、4日目になって「受け入れる」と連絡があったのです。私は、母と肩をたたき合って喜びました。

「悦子がお願いに行ったからだよ、よかったね。でも、篤ちゃんはひらがなの読み書きは出来ないから、教えるの大変だよ」

「心配せんでもいいよ。篤ちゃんは頑張り屋だから」

母は、にっこり笑って安堵してくれました。

私達姉妹は、昭和21年1月8日から木次小学校へ通うことになりました。着の身着のまま帰国したのでボロボロの服しかありませんでしたが、洗濯してもらったのを着て、張り切って登校しました。

私たちの誇りは、動物の皮で造ったランドセルでした。

「毛利さんのランドセル、凄いね」

「これ、何の皮?」

「なんだと思う。中国は5畜と言って、牛・馬・山羊・ラクダ・豚が飼われているからね」

私は得意になって話しました。実は私も、何の皮かは知らなかったのです。そうすると皆が「もっと聞きたい、どんな学校だった」と言って中国のことに興味を示しました。

1週間もしたら友達も出来ました。心配した妹のひらがなは、私と2人で特訓した成果が表れて1月後には覚えました。私は、校長先生に頼んでよかったな、とつくづく思いました。

妹は私と違って発言力が旺盛で、疑問があれば手を上げて大きい声で質問しましたから、私も心強かったです。

私達は順調に成長して、6年生と4年生に、3番目の妹は1年生になりました。

父の日本通運勤務も順調で、母は家に閉じこもって洋裁や和裁の仕立てをして、家計を支えていました。

母は市内の洋服屋さんや、呉服屋さんから頼まれて仕立てをするばかりでなく、直接家に来られる友人などの注文にも応じました。私達姉妹は出来上がった仕立物を届けに行く役目でした。新調した仕立物に目を輝かせて喜ばれ、美味しいおやつをくださる方がある反面、仕立物が気に入らず叱りつける人もありました。暗闇の4キロの道を泣きながら帰ったこともあります。

6年生の担任は古瀬明先生で、優しいけれど厳しい先生でした。国語が専門だったようで、音読の指導をしっかりしてくださいました。私は臆病で、1人で音読することが苦手でした。でもそのうち詩歌を読んだり作ったりすることが好きになり、先生は読売新聞の子ども欄にたびたび私の作品を送ってくださいました。

川向こうの　夕焼け空を眺めつつ
　今日一日を振り返り見る

学校から帰ると、斐伊川土手を散歩し、川向こうの緑豊かな山々を眺めて一日を振り返ったものです。

私の両親は「我より人を」という考え方でしたから、ひと様の困りごとにはとても真剣に耳を傾けていました。そんな事情も知らない私に、近所の人から「あんたのお父さんにお世話になったよ」と礼を言われることがよくありました。そんなとき父に理由を尋ねると、父は決まったように言いました。

「人間は人に尽くすために生まれたのだよ」と。

日通での父の仕事は内勤でしたから、休みの日など運転手さんがよく我が家に立ち寄られました。そんなとき父はお茶を出し、母は薩摩芋のゆでたのをご馳走していました。中にはお酒を所望される方もあり、父は笑いながらコップ酒を出していたようでした。

父は、家族に対しても同じふるまいでした。夜遅くまで夜なべをする母親の側に付いていて、休もうとしないのです。

「お父さんは明日も仕事があるでしょう。休んだらどう」「お母さんが仕事をしているのに先に寝れないよ」

そんな時、私も妹も父母の側で勉強し、母の布団は父が敷いてあげていました。

差別を乗り越えて

あれは今思い出すだけでも身震いのする、思春期の過ちでした。

中学校3年の3学期の初め、学校を飛び出し、1人家に帰り、真っ暗な2階の押し入れで、紐を手にしていたのです。決心がつかず迷っているところを母に見つかりました。

履物があるのに、姿の見えない娘を不審に思った母は、階段を上がり押し入れを開けて私の奇行を目にするや、大声を挙げたのです。

「悦子！　何をしている！　まさか……。馬鹿なことを考えたらいけない！」

「……ウーウーウー」

ひと月ぐらい前から学校の行き帰りに出会う友達の親から「悦ちゃん、あんた高校に行くの」「引揚者の子で、進学するものなんてどこにもおらんよ」そんな嫌味を2度、3度聞かされていたのです。

2月の初めの昼休みのことです。入試も近いので椅子にもたれて暗記の思い返しをしていたところ、クラスの男女4～5人が私を取り囲んだのです。

「あんた高校に行くかね」

「引揚者でしょう」

50人近くいるクラスの仲間で高校へ進学するのは5～6人、勉強ができても家が貧しくて高校へ行けない友人もいました。

父母は、「お金はないけど高校へ行かせるから」そう言って私を励ましてくれ、私はそのつもりで、昼も夜も懸命に勉強していました。

そのことを知った仲間は、なぜかよく思わなかったようです。ねちねちとしつこく攻めてきたのです。普段から口数も少なく、おとなしい私でしたから攻めやすかったのでしょうか。私は悔しさで涙を流しながら顔を伏せて何も言いませんでした。そうすると、午後のチャイムが鳴りました。

午後の勉強なんかとてもとても……。私は鞄を手に、そーと立ち上がりました。

教室を出ると、凍えるように寒い北風の道を、一目散にわが家を目指しました。私の頭は〝引揚者のくせに〟〝引揚者のくせに〟その言葉が脳を覆いつくしていました。

音をさせないように玄関の扉を開き、足音を忍ばせて2階に上がり、押し入れにこもったのです。そして、太めの紐を手にしました。どうしたら死ねるか、そのことを考えていました。

〝バタン〟

音を立てて扉が開き、そこに母が恐い顔をして立っていました。

「悦子、何をしている！」

大声を出し私の手から紐をむしり取りました。そして、私の姿をじーと眺めていましたが、震える声で言いました。

「悦子、学校で何があったの？　この頃様子がおかしいと思っていたけど。いったい何が、正直に話しなさい！　さあ！」

母の暖かい手が、私の手を包みました。涙が流れ落ちました。

「お、お、お母さーん」

母の胸に飛び込んで私は泣きました。そして、ありのままを話しました。

「そうか、そういう事があったのか……。わかった、わかったよ……。でも、一度しかない人生、無にしてはいけないよ。長女がしっかりしないで妹はどうするの」

母の声がうるみ、泣いていることが分かりました。私は母の言葉を聞きながら、やがて〝何で死のうと思ったのか、引揚者のくせにと言われて腹が立ったことと、自殺しなければならない理由とがかみ合っていない〟そのことに気付きました。頭がこんがらがっていて、ちゃんとした理屈になっていないことが分かったのです。

「毛利家はどのような家系か知っているでしょう。誉れ高い武士の家系なのよ」

生まれて初めて、泣きながら叱る母の顔を正面から見たとき、不思議と私の心は落ち着きました。そしていつも父が口にするあの言葉と重なったのです。

「人間は人に尽くすために生まれたのだよ」

――そうだ、こんなことで死んでなるものか、死ぬのには死ぬだけの理由が必要だ。

やっと私の心は整理されました。階段を一歩一歩踏みしめながら玄関に立ち、母に会釈し、家を後にしたのです。

翌日、三桐慈音教頭先生が「悦子さん、終礼が終わったら校長室に来なさい」とおっしゃいました。

教頭先生は韓国からの引き揚げ者で、日登の寺の住職をしておられ、それまでも何度か我が家に来られたことがありました。教頭先生は、笑顔で私を迎えてくださいました。

「悦子さん、お父さん、お母さんに心配を掛けてはいけないよ。困ったことや悲しいことがあったら私に話しなさい。長い人生にはいろんなことがある。ご両親も必死で頑張っておられる。互いに支え合い、困難なことを乗り越えていくのだよ」

まるで父のように優しく話して下さいました。後から聞いたことですが、母が教頭先生に話を聞いてもらったようでした。

今思えば、社会の考え方や価値観が人をそうさせてしまっていたのだと思います。

四　新任教師と結婚

教師への夢

あの一件があって以来、私は強くなりました。友達が何を言おうと気にならなくなりました。笑顔の私が生まれたのです。私の姿勢が変わったからなのか、ひそひそ話もなくなり、地域の人達からの嫌味も少なくなりました。中学校の卒業式では、９年間休みなしの皆勤賞をいただきました。

私は三刀屋高校に入学しました。高校へは近隣の中学校から新入生が集まってくるので、新鮮な気持ちで通学し、勉強に打ち込むことが出来ました。やがて４人の仲良しグループが出来、学校へ行くのが楽しくなりました。

そのうちの１人吉田圭子さんは、初対面の時『私もこんな人になりたい』そう思ったくらい感じの良い方でした。実はその女性は、私が６年前床に手をついて転入願をした校長先生の娘さんだったのです。本当に〝出会いの不思議〟を感じた高校入学でした。

その後彼女は、松江の有名な「原文タイプ」という老舗に嫁がれ社長夫人となりましたが、私達の交際は続き、今でも心が通じているのです。

高校の3年間の中で、私の最も大きな収穫は、「将来、教師になろう」そう決心させてくれたことです。

9歳で中国から日本に帰って以来、木次小学校・木次中学校・三刀屋高校と学び、その間多くの先生の指導を受けましたが、どの先生も私が中国からの引き揚げ者であることを意識しておられました。

「毛利さんは外地の経験をしているから……」

と、特別視され、その経験について語る機会を多く与えて下さいました。このことは仲良し4人組の間でも同じでした。

三刀屋高校仲良しグループ
（左端が著者）

桜の季節となり満開の木次土手へ花見に行ったときでも、ご馳走を食べ終わり話に花が咲くと、決まったように私の中国時代のことに質問が来るのです。

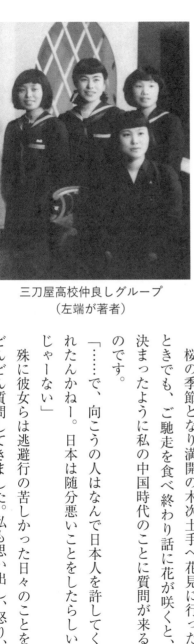

「……で、向こうの人はなんで日本人を許してくれたんかねー。日本は随分悪いことをしたらしいじゃーない」

殊に彼女らは逃避行の苦しかった日々のことをどんどん質問してきました。私も思い出し、怒り、悲しみ、涙ながらに話したものです。
「リヤカーの小父さん、どんなタイプ、名前は」「30代かなあー、名前ねー、聞いてないわね」「奥さんはいたの?」「そんなことわからんよー」「ええ男だったー」「とても優しかったよ」「いつか恩返し出来るといいねー」

みんなが特に興味を持ったのはリヤカーの小父さんや、池に落ちた時助けてくれた小父さんの話、死体を埋めたことや防空壕の話などでした。殊に、私が畑の野菜を取ったのに、池に落ちて溺れている時に助けてもらい食べ物まで恵んで下さったことなど、目を潤ませながら興味深く聞いてくれました。

「そげな経験をしたものは毛利さんしかおらん」「将来は先生がいいわ、社会や歴史の先生なら、自分の経験したことを話すだけで授業になるよ」

私の将来についてまで気遣ってくれました。私は、いつとはなしに、将来は先生になって子どもたちに教えるんだ、そう考えるようになったのです。

でも私は、過去の体験を、それを教えることだけを目指して教員になろうと決心したのではありません。

世界を不幸にする戦争を繰り返してはいけない、外国と仲良くすること、「引揚者のくせに」といった差別意識は絶対になくさねばならない、そんな思いが徐々に頭の中を覆ってきました。

この思いを実現するには教師となって世に訴えること以外にない、戦争など全く知らない今の子どもたちに伝えることだ、教えたい、強くそう思うようになりました。やがてそれが私の宿命だ、中国からの逃避行、死に物狂いの引き揚げの苦しみはそれを学ぶためだったのだ、そう気付いたのです。

代用教員

教員になろうと決めた私ですが、我が家にはお金の余裕はありません。父母が働いて4人の子を育て、家を購入したお金を収めなければなりません。ぎりぎりの生活の中で、父母の理解を得て私は京都の短期大学へ入学することにしました。

そこで私は、玉造に住んでいた母の兄にすがりました。母の兄には子どもがなく、私をとても可愛がってくれました。

「伯父さん、私、必ず教師になって返すから学資を貸せて下さい」「貸せだと、馬鹿なことを言うな。困ったことがあったら何でも頼みなさい」

そう喜んで下さったのです。私は、とっても感激しました。とにかく自分でできるだけの努力をしよう、どうにも困った時にはすがろう、そう決意して昭和31年4月「京都女子大学短期大学部」へ入学しました。

伯父の支援を受けるとともに、月々の寮費・食費・生活費の５０００円は奨学金とバイト代で賄いました。バイトがあれば、なんでも飛びつきました。テスト会社から知能テスト・実力テストなどの採点の仕事を請け合い、風呂敷に包めるだけ包んで寮に持ち帰り徹夜で採点し、翌朝会社へ届けました。また、大学の売店で店員をしたり、公衆便所の清掃なども頑張りました。

休日、寮生の多くは京都の観光地へ遊びに出かけましたが、私にはそのような余裕はありません。ある日、一人寮に残ってテストの採点をしていた時のことです。

「毛利さん、何してるの」「テストの採点よ、バイトなの」「えー、みんなお寺やお食事だと言って遊びに出たのにあんたは感心ねー、私にもできるかしら。ちょっと手伝わせて」

愛媛県出身の「兵頭《ひょうどう》弥生」さんです。私がいつも忙しそうにしているので、見かねて手伝って下さるようになりました。私は彼女の優しさと寛容性に魅《ひ》かれました。このことを縁として、私たちは大の仲良しになったのです。

大学を卒業後、彼女は愛媛県で、私は島根県で教員になりました。お互いに話が合い、木次のわが家へ招いたり、内蒙古日本人学校の同窓会に招待したりと、親友として永く交際しました。

私があこがれの教員となったのは、昭和33年の春のことです。

教員といっても無給奉仕の代用教員で、初任地は能義郡の比田中学校でした。私は〝何事も経験が大事である〟と割り切り、喜んで通わせていただきました。

当時は土曜日の午後の日直と宿直、日曜日の日直と宿直は同じ職員が続けて行う勤務制度でした。土日に割り当てられた職員は拘束時間が長く辛かったようで、代用教員の私に日直の代わりを頼まれました。そんなとき私は喜んで引き受けました。というのは、日直をさせていただくことで手当の一部を下さったからです。無収入の私にとっては、本当に助かりました。

比田中学校校舎

比田中学校教職員（右から２人目が著者）

給料日に給料袋を手にすることの出来ない私は、先輩の手前、その時間になると、そーっと職員室から抜け出し、昇降口の掃除などをして時間をつぶしたものです。こんな風に若さが取り得の私は、すべてのことに体当たりしました。毎朝、始業1時間前には出勤し、職員室の清掃や、湯を沸かして先生方の出勤を待ちました。

英語・国語は臨時免許状を発行してもらい、４教科を担当するとともに、遅くまで学校に残って教材研究や授業の準備をし、課外活動ではバレーボールの玉拾いを手伝いました。

今はない娯楽として、この頃8月と12月にＰＴＡ主催で映画会が催されました。「里見八犬伝」や「宮本武蔵」などの時代劇、それに「君の名は」や美空ひばりの「花売り娘」など若者向けです。娯楽の少ない時代でしたからこの映画会は評判で、父母の方も見に来られて結構収入があり、皆さんの計らいでその収益の一部を戴くこととなりました。

仁多郡の馬木小学校でも代用教員を半年務め、無給奉仕4年目にして晴れて正式採用が決定しました。

発令日の数日前、〝平田中学校に採用する〟との内示がありました。平田だったら自宅から通える、そう思い喜んでいたのにどうしたことでしょう。翌日の新聞には「毛利悦子・隠岐《おき》郡《ぐん》都万《つま》中学校」となっていたではありませんか。私は驚いて県教委に問いただしたのです。

「経緯は分からないが、誰かが一夜のうちに書き換えたのであろう、新聞に発表したから変更はできない」

そんなつれない答えが返ってきました。実のところ私は隠岐でも、石見のへき地でも、どこでも良かったのです。ただ、どうして内示をくつがえすようなことをするのか、我が国は経済大国になったものの、人の心はどこへ消えたのか、そのことに対して残念な気持ちになったのです。

その春、私は離島の都万中学校を有難く受け入れ、希望に燃えて赴任しました。

島根半島から50キロ大陸寄り、私が小3まで過ごした内モンゴル、命からがら脱出したあの中国大陸に日本で最も近い隠岐の国、島後の都万は私にとって因縁の深い土地となりました。

一種独特なアクセントで何事もズゲズゲ口にする住民性、それでいて他の土地から来た人には親切で、島民同士の連帯感や結束は固く、歴史や伝統を重んずる文化は、奥出雲と違っておおらかでした。ここが日本であろうか、と錯覚させるような雰囲気がありました。

何よりも私を魅了したのは海辺の生活でした。山家育ちの私には青い海と白い波、潮の香りのそよ風、松の緑と砂浜に広がる景色はとても新鮮で、たちまち魅せられてしまいました。

また、都万中学校で出会った先生が素晴らしかった。初任校であったことから、H校長先生は私に厳しくも優しく指導してくださいました。

「教師の将来は初任校で決まる。『求められる教師になること』『○○なら毛利のものだ』そう言われるものを持つこと、○○についてはどんな質問が投げかけられても応えられる、そんな力を付けよう、若い時はどんなことでも手あたり次第意欲的に挑戦しなさい。本を読まない教員は失格、わからないことがあったら遠慮せず先輩に聞くこと、聞くは一時の恥、聞かぬは一生の損」そう口を酸っぱく教えてくださいました。

〝離島での生活は寂しいだろうな〟、着任するまではそんな不安もありましたが、どうしてどうして、楽しいことがいっぱいありました。着任してしばらくたったある日の朝の出来事です。

「先生、魚拾った」

出勤した私を待ちかねて、生きた魚を両手に生徒がやってきました。波に乗って湾に入ってきた魚が、波打ち際に打ち揚げられたのでした。それは50センチもある「アオリイカ」という、イカの一種でした。私たち教員は、生徒が下校した後刺身にしたりストーブの上で焼いたりして美味しく戴いたものです。

生徒の中に、学習態度に気になる子がいました。勉強に集中せず、居眠りをしたり雑談をするのです。

〝このまま中学校を卒業させてはいけない〟私は勇気をふるって昼休み、職員室に呼んで説教しました。彼は反抗的な態度をとりなかなか心を開きませんでしたが、私は彼のためを思い、何度も粘り強く注意しました。

そんな縁で、彼が成長し都会で就職した後も連絡を取り続け、いろいろな悩み事について相談に乗りました。しかし、そんな時彼は「先生は何で僕ばかり説教するのか、腹が立ってならん」時としてそう不満をつのらせるのでした。

月日は過ぎること40年、彼が60過ぎ、私が70過ぎの同窓会のことです。

真っ赤な見事な手作りのバラの花を、両手に抱えて彼が入場してきました。一瞬、会場が静まり返りました。

「毛利悦子先生、プレゼントです！」

あの彼が私に差し出したのです。25本のバラの造花、聞けば奥さんに造らせたのだというのです。

プレゼントされたバラの造花

「僕は毛利先生に出会えて本当に幸せでした」

その日酒が入り、彼がそう明かしてくれました。私は胸につかえていたものが取れ、まさに教師冥利につきた瞬間でした。

彼との交流は私生活にまで立ち入っていましたから、普通の教師と生徒ではなかったのかもしれません。豊かさの中での教育は難しい。叱ることは大事だが、相手が反感のみを持つ叱り方、改善の余地のない叱り方は逆効果です。私は、彼に限らず叱る相手の人格を尊重し、命と命の出会いを大切にして指導してきたつもりです。叱る立場の私自身も勉強なのです。支え支えられて今がある、そう信じて邁進してきました。

「今後同窓会の時は、家までお迎えに上がります」

これが別れ際に彼が言ってくれた言葉でした。

夫との出会い

さて、ここで私の結婚生活についてお話しすることにいたしましょう。

私の夫となった男性は、小村幸《おむらこう》といい私と同年でした。生まれは出雲市の芦渡、「島根花の里」として有名な田園地帯の旧家の末っ子で、苦労知らずで育ったようです。

初めて彼と出会ったのは昭和35年9月、横田町立馬木《まき》小学校に代用教員として赴任した時でした。馬木小学校は児童の数が3百人少々、教員は12人位の中規模校でした。

彼は東京の大学を卒業した代用教員で、馬木小には私より5か月早く着任していました。私はこの学校に来るまでに、3つの学校で助教諭を経験していたものの、後任でしたから早く慣れようという気持ちのみで、初対面の彼を同僚としか思っていませんでした。担任は同じ学年の私が1組、彼が2組でした。

或る夜、下宿の炬燵に足を延ばして予習をしていた時のことです。

窓の外から男性の声がしたのです。学校に近い民家の2階とはいえ夜も9時を回ると、車も人通りもなく、虫の音と靴の音だけが聞こえるそんな静けさです。その静けさを破って、私の名を呼ぶ声がしたのです。

〝私を呼んでいる、いったい誰だろう?〟

私はそーっと窓際により、下の小道を見下ろしました。塀の向こうから、見覚えのある髪型の若い男性が2階を見上げているのです。まぎれもなく彼でした。

障子に映った私の影も下からも見えたはずですが、彼に興味のない私はそれに答えず、そーっと身を隠しました。翌日学校で会っても、特にものも言いませんでした。

それから1週間後も、同じことがありました。彼の下宿からはかなり距離がありましたから、わざわざ歩いてきたのでしょう。

そんなことがあってしばらくたった夜7時過ぎのことです。複数の足音がし、また私を呼ぶ男性の声がしました。

「毛利さん、A先輩のところへ行きませんか」

窓際に立つ私に彼が声を掛けたのです。A先輩というのは私も尊敬している男性教員で、複数の足音が聞こえたことから心が揺れました。〝ほかの人も行くようだ、なら行ってみようか〟

私は急いで仕度をして、足音の後を追いました。

複数の足音がしたと思ったのは私の勘違いで、その夜は彼と私だけがA先輩の客としてもてなされ、もっぱら先輩の話を聞きました。帰る方向も逆でしたから、彼とは玄関で別れて道を別にとり、言葉を交わすこともありませんでした。

そんな出来事はあったものの、それ以上のことはなく、年の明けた4月、私は隠岐の都万中学校へ正式採用され、期待と不安を抱きながら着任しました。

2年が過ぎたある春の日の事です。島後の中心地、西郷町の西郷中学校で、隠岐全島の小・中学校の教師が一同に会する教員研修会が開催されました。

私が同じ都万中学校の同僚と一緒に駐車場となった運動場に車を置き、歩いて会場に向かう時でした。ばったり彼に出会ったのです。

「毛利さん、久しぶり」

「あら、小村さん、お久しぶりです、今どちらですか？」

「知夫ですよ。あれから勉強して単位を取ってね、今年の春から知夫中学校だわね。あんたは都万だったね」

知夫というのは隠岐の島前《どうぜん》に位置し、知夫里島《ちぶりとう》という本土に最も近い小さな島のことです。その時はあいさつ程度で分かれました。

その年の夏休みのことです。休みになっても新人教員は忙しく、殊に私の場合は1学期の振り返りと2学期の計画に追われ、木次に帰るのは8月に入ってからとなりました。

久しぶりに我が家の門をくぐって驚いたことは、彼が数度、私の留守にわが家を訪れていたことです。しかも一度は、出雲から15キロの道を歩いてです。

「毛利悦子さんとは馬木小学校時代からの友達です。彼女が好きです。是非私の嫁さんに下さい」

彼も中学校の教員で忙しいはずです。なのに夏休みになると早々と学校を引き払って出雲に帰り、私の両親を説得するためにわが家を訪ねたというのです。

出雲に家があり、歳も仕事も一緒だからうまくやっていける、今は同じ隠岐にいる、そう言ったというのです。

「小村さん？　私にはそのような気はありません」

私は彼から何も聞いておらず、意識もしていなかったため大いに驚き、一蹴しました。

「悦子、そんなことを……。出雲のいい家の坊ちゃんで隠岐の教員だろ、うってつけだよ。それとも悦子、誰かいい人でも？」

「いい人は何人もいる。島大の教授、京大医学部の教授、教員の先輩とか……。だからやめてよ。彼は」

両親にとっては願ってもないいい話と映ったに違いありません。彼の郷は毛利家と違って旧家で資産家、しかも兄が後を取っているというから身が軽いのです。それに勤務地も同じ隠岐、学校も違うからすぐにでも同居できる、2人とも適齢期で、ほかに結婚話もないからまさにうってつけ、両親はそう受け止めたようです。

私が親の説得を受け入れず渋っていた時のことです。わが家へちょくちょく見える父の友人の元教員のKさんがお見えになりました。

「悦子さん、あんた気が進まんと言っているようだが、これほど条件の整っている話はそうそうない。両親も同意されているようだし、思い切って決めなさい。第一男が頭を下げて頼むのに女が断るというのはよろしくない」

「でも、私は結婚する気はありません」

「男など結婚すれば皆同じ、彼に決めなさい。私が保証するよ」

元教員Kさんの説得は筋が通っていました。Kさんは父母と親しく、私は困ってしまいました。

「悦子、Kさんも言われただろう、男が頭を下げて頼むのに女が断るのはどうかなー、世間にそげんことはそうそうないよ、子どものころから何でも自分で決める性分だったが、悦子、結婚は違うよ」

「小村さんはお前が好きだと言っておられる。感じのいい人だがね。それに下には3人の妹がいる。長女がこんな良い話を断ったら後へも影響するよ。ようよう考えてちょうだい」

私をここまで育ててくれた両親からこのように諭されると、私の我儘をこれ以上押し通すことは出来ませんでした。今であったなら違ったでしょうが、当時は男性優先の社会でしたから……。結局、私は両親の説得を受け入れたのです。

新婚生活

それから4月後の、38年12月28日、出雲大社の東側にある北島結婚式場で結婚式を挙げました。媒酌人はKさんでした。学校の2学期が終わり冬休みになると急いで木次に帰り、あわてて準備を

してくれた鳥取県の皆生温泉と、三朝温泉に2泊しました。新婚旅行は、両親が計画してくれた鳥取県の皆生温泉と、三朝温泉に2泊しました。

私の意見は聞いて

してくれた

心配した私たちの結婚生活でしたが、主人の我儘も酒のほかにはさしてなく、私の意見は聞いてくれましたので平穏に推移しました。

私たちの結婚はたちまち隠岐の教育界に知れ渡り、翌年の4月、私は同じ島後の五箇村にある五箇小学校に異動となりました。

五箇小学校のW校長先生は、新婚間もない私に、微に入り細にわたり指導してくださいました。教室運営、教材研究、教師の心得等についてです。特に着任後1カ月間、始業時から下校までの取り組みをつぶさに観察し、放課後厳しく指導して下さいました。

翌年の春の移動で、木次からほど近い、大東町の久野《くの》小学校へ転勤しました。妊娠8カ月の身でしたが、電車で久野の駅まで揺られ、そこから4㌔の道のりをバイクで学校を目指しました。大きなお腹を抱えてのバイク通勤はとても大変でした。当時の久野の道は非舗装の砂利道でしたから雨が降ると凹凸の連続で、何度か水たまりにはまり転びました。その都度産婆さんのところへ行き、逆子の手当てをしていただいたのです。

私は妻として、女として、母としての務めをきちんと果たしてこそ真の教育者である、そう自分に言い聞かせていましたから、随分無理を重ねたようです。

結局そんな無理が祟り、6月に生まれた子は逆子で、しかも死産でした。本当にかわいそうなこ

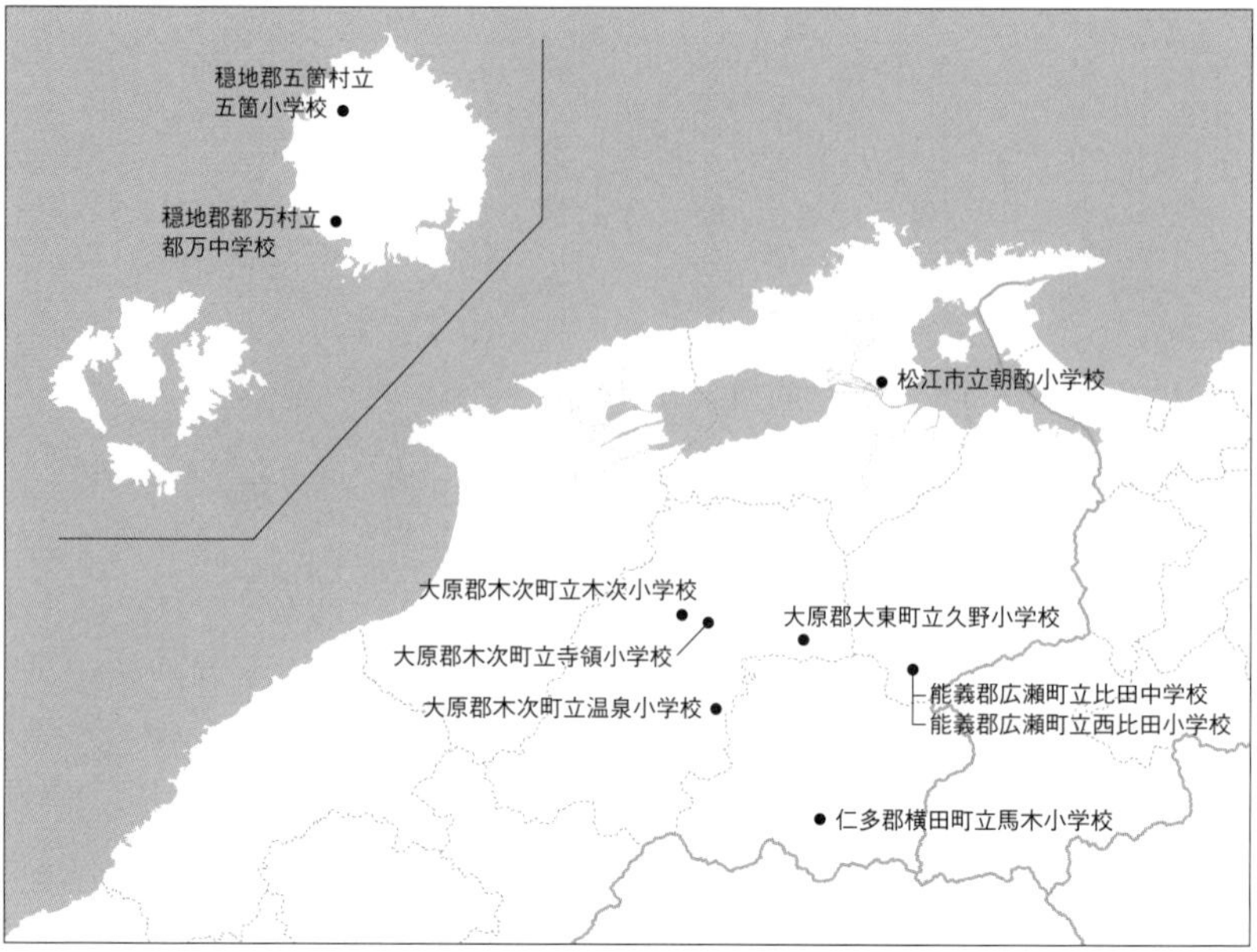

昭和33年～平成３年　著者の勤務地

とをしたと、今でも悔やんでいます。

こんな苦労を乗り越えて昭和41年４月27日、無事長男を出産しました。同じ過ちを踏んではいけないと、今度は随分慎重な行動をとりました。

その子には、幸せな人生を送って欲しいと願って、「寿《ひさし》」と命名しました。

５年後の昭和46年３月23日、次男を出産しました。名前は「伸《しん》」と付けました。２人の子育てのこともあり、その年の春の移動で、木次小学校へ転勤させていただきました。教員になって始めて、自宅から通勤できることとなったのです。

父母も既に60代でしたから、２人の孫を大切に育ててくれました。

五　「にじ」と宿命

教育の原点

良い教師を育てるためには優れた先輩教師が必要です。その役目を持った教師は、まず自ら子どもと触れて悟り、先輩の指導を受けて教え方を学び、それで教壇に立つのです。でも、東《とう》井《い》義雄先生の学び方や教えは、根本的に違ったようです。

東井義雄先生

先生自ら子どもになって体験し、発見し、子どもの心になり、出来の良い子になり、出来の悪い子になり、男の教師になり、女の教師になり、用務員になり、それで得た教え方を紙に綴り、詩という形にして教師に届けられる、私はこのように理解しました。

生活つづり方教育の業績で全国的に名をはせ、勲五等双光旭日章を受章された東井義雄先生は、私の最も尊敬する先生となりました。

光いっぱい

やんちゃ者からはやんちゃ者の光
おとなしい子からはおとなしい子の光
正直者からは正直者の光
男の子からは男の子の光
女の子からは女の子の光
若い先生からは若い先生の光
年輩の先生からは年輩の先生の光
男の先生からは男の先生の光
女の先生からは女の先生の光
用務員さんからは用務員さんの光
教室も職員室も
廊下も運動場も
学校中
どこもかしこも
光いっぱい

どの子も宝物を持っている。それを親や教師が見出だし、正しく導いてやることによってすべての子は光り輝く、そう言っておられるのです。

かつて朝日新聞に、東井先生の「教育の原点みつめ」が掲載されました。

「4年生なのに字は一字も知らず、自分の名前も書けない女の子がいた。せめて片仮名で自分の名前が書けるようにと根気良く教えるが3カ月かかってもだめ。半ばあきらめ、ある日、ほかの子どもたちを相手に馬の話をし、黒板に「馬」の漢字を書く。とたんに、片仮名も読めないその子が、「パカパカお馬さんの『ウマ』いう字やろ」と叫ぶ。漢字は片仮名より難しいものと決めてかかる教師の側の論理と、身近に感じる漢字なら片仮名よりとっつきやすい子どもの側の論理とのスレ違いに、初めて気づく。子どもの生活体験を生かす教え方を工夫し、女の子はその年のうちに片仮名を全部修得した。」

「子どもは自分のことを本当に分かってくれる先生にめぐり会えば、問題児なんて一人もいない。子どもが持っている十人十色の論理を理解してやらないと子どもの力は引き出せない」そう先生は説いておられるのです。

東井先生は昭和7年、昭和の大恐慌の余波が厳しい時代に兵庫県の師範学校を卒業され兵庫県豊岡小学校へ着任され、戦争真っただ中の教育界で子どもを指導され、その結果敗戦を迎えたと。

〝太平洋戦争中における教育活動は誤っていた。その一端を担った自分にも責任がある〞そう反省された先生は、以後10年の間執筆活動を一切自粛されたのです。そして1957年（昭和32年）先生の教育思想の第一筆が出版されました。「村を育てる力」という本です。同朋大学教授で教育作家の北島信子氏は、村を育てる力を取り上げて次のように解説しておられます。

「元来東井は、教師・学校と家庭・親が連携しつつ『子どものしあわせ』を実現していくことを目標としていた。だから、戦時中は子どもが家庭にいて、農作業の手伝いをすることで円満な家庭が築かれ、子どもが勉強し都会に出てゆくことを親は望んでいなかった。

ところが戦後はこの考え方が変わった。東井は、民主的な子どもを育てるため、村全体のことを考える学校と親の連携を模索していた。なぜなら、学校では先進的な民主教育を学びえても、未だ家庭では、封建的なものの考え方に縛られていたからだ。

村の人々は生活のために農作業に追われ、日中、村全体で討議することもままならない。そこで、それぞれの時間帯に合わせて読むことの出来る文集を作成することで親・子ども・学校教師の3者が意図を共有できる、そこに着眼した。その作品を掲載するという方法を考案したのである。

『村を育てる力』は戦後の民主教育を育成する方式として注目され、これを考案した東井は教育界で一躍有名になった。」

この新しい手法は、全国の教師に広まっていきました。

東井先生は、爾来、次々と心にある教師の歩む道を、分かりやすい文章にして教育界に説かれたのです。

「苦しみも悲しみも自分の荷は自分で背負って歩きぬかせてもらう。私の人生だから」

「百千の灯あらんも、我を待つ灯はひとつ」

「自分は自分の主人公、世界でただひとりの自分をつくっていく責任者」

「この不思議ないのち、それを今、生きさせてもらっている」

「太陽は夜が明けるのを待って昇るのではない、太陽が昇るから夜が明けるのだ」


新任教師の私は東井先生のご本を読んで心を洗われ、少しでも早く良い教師になろうと試行錯誤を繰り返してまいりました。

教育に限らず、大きな山に突き当たった時、池にはまった時、そこを抜け出すのには誰でも苦しみもがくものです。しかし私には偉大な先生の教えがあります。眼を閉じて東井先生の詩を口ずさむとき、不思議と気持ちが落ち着き、「すべては子どものため」という基本に立ち返ることが出来るのです。

私の木次小での担任は1年生でした。試みたことは、日記指導でした。子どもたちは家で日記を書き、それを担任の教師に提出して感想などを書いてもらい、帰宅して親に見せるのです。

私はこの方式を変え、自宅で児童が日記を付けた後、親がそれに目を通して感想文や連絡事項などを書き、翌朝これを教師に提出する、いわば、3者方式としたのです。

このことで親も子どもも一体になれるから家庭生活も学校生活も充実する、親も遠慮なく教師に意見が言える、そう考えたのです。ただし毎日は負担ですから週2回とし、2年生になると週3回にしました。

過去、私の周辺で3者方式を試みた教師はなく、父母は大いにとまどい、賛否両論でした。

「子どもの後に親が書くのはいいけど、私は文章や字が下手だから、先生に見せるのが恥ずかしい」

「本気で日記を書く子どもは、日ごとに字や文章が上手になります。私も負けないように読み、書き、頑張っています」

「子どもと親と教師の心が通う、いいやり方です」

子どもとしてはやるべきことをちゃんとやらぬと親に注意され、親にとっては子どもの監督ができる半面教師から注文を付けられる、そんな側面がありましたから、初めのころ親は迷ったようでした。

いろいろな意見が出る中でこの試みは徐々に定着して評価されるようになり、2年目の5月、これがマスコミにキャッチされるところとなりました。その紙面をご紹介しましょう。

心通う母—子—先生

毛利教諭が独特な教育
筆力の向上にも
木次小学校

「あのね、先生」作文ノート

〝自分の力で考え、やり遂げる子供〟をテーマに道徳教育を進めている大原郡木次町立木次小学校（和田雅由校長、児童数四百八十五人）で、二年三組担任の毛利悦子教諭(四〇)が「あのね、先生」と題した日記形式の作文をノートに書かせ、これにお母さんと先生の意見、感想をつけて三者の相互理解と児童の筆力向上に効果をあげている。

この方法を始めたのは、昭和三十六年、隠岐郡都万村立都万中学校の教諭をしていたころ、中学校では担当が別々の先生が多いため、受け持ちの生徒と接するのは専門教科とホームルームしかなく、生徒一人一人をよく理解出来ないことから先生への意見や生徒の気持ちをノートに書かせたのが始まり。

木次小学校へ赴任したのは四十六年。以来、親と子の考え方を少しでも知ろうと、このノートのやり取りが始まった。昨年は一年生を担当した。〝先生、あのね〟の書き出しが多いが、学校内や家庭の出来事など一年生らしい素直な文章で先生に語りかけている。この日記の後に母親が批評や意見をつけて先生に手渡す。毛利先生は目を通した後、何重もの丸をつけたり、添削、最後に〝いいことをしているのね、先生とても感心したよ…〟といった具合に感想や意見、時には母親への連絡をつけて児童に返す。一年生は毎日書くのが大変なので提出は週二回にしていたが、二年生担任のことしは週三回提出させている。

回数を重ねるごとに児童の発表力や書き方がグーンと向上。「文章がうまくなったのに驚いた。それに学校の様子や先生の姿が手に

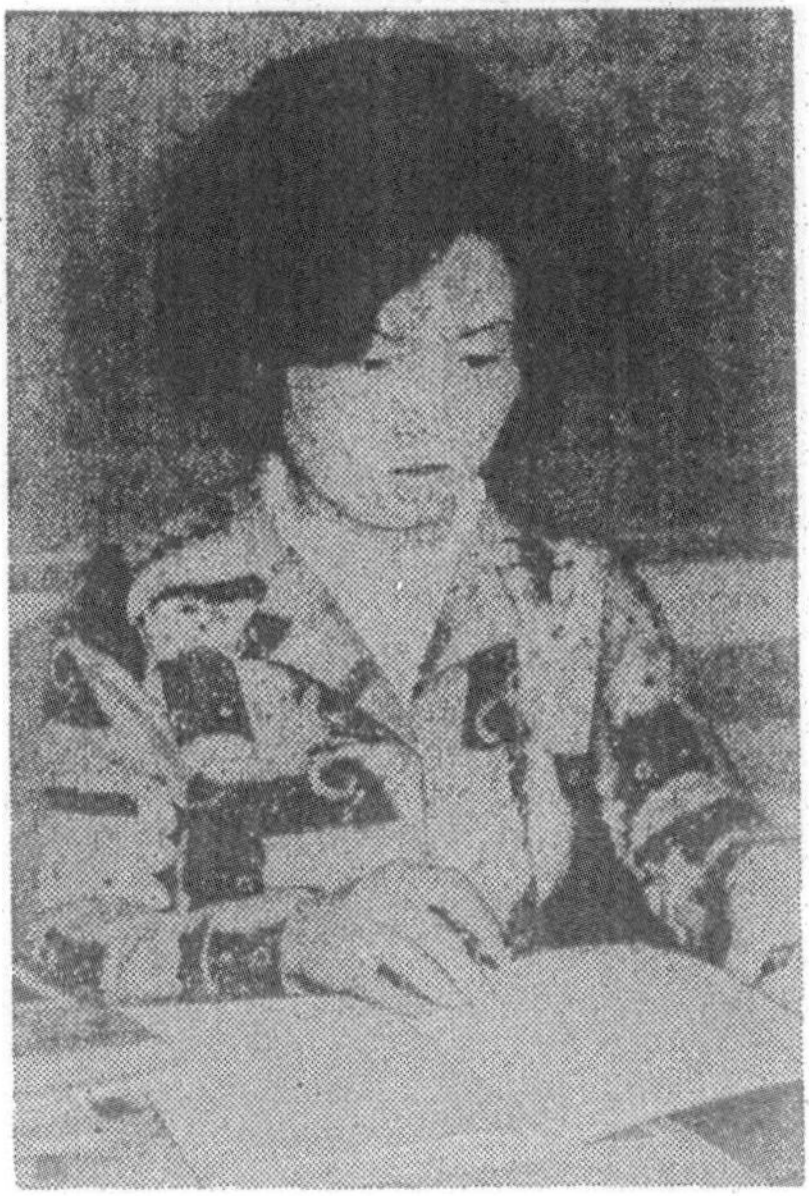

児童たちが書いたノートに目を通す毛利教諭

昭和52年５月13日　山陰中央新報

偉大な東井《とうい》義雄先生

私が初めて東井先生にお目にかかったのは、木次小に転勤し数年経ったある日のことです。新採のころから先生の詩に触れ、魅せられて手紙を出し文の上でのご指導は仰いでいましたが、拝顔するのは初めてのことでした。

母校の京都女子大学の研究会に出席するため、山陰本線の列車に揺られて兵庫県内を走っている時でした。小さな駅を過ぎたところで先生と思しき方が同じ客車に入ってこられたのです。

「恐れ入りますが、東井先生では！」

「ええ、東井ですが、どなたでしたかね」

「私、島根県大原郡の毛利悦子でございます」

私はすかさずおそばにより、声をお掛けしたのです。

「おお、これは毛利先生、いつも便りをいただきありがとうございます。よろしかったらこちらへどうぞ」

お言葉に甘え、空いていた向かいの席に座らせていただきました。初めてお目にかかる東井先生は現役を退かれた後で、歳のころ60代半ば、穏やかな笑顔と優しい口調が私の緊張感をほぐしました。京都駅に到着するまでの間、平素から疑問に思っていたさまざまなことがらについて質問し、丁寧に教えて戴きました。

不思議なご縁で親近感の深まった私は、その後も交流を重ね、先生の教えを基本として教師の道を突き進みました。

2人の息子が順調に成長した53年の春、同じ木次町の寺領小学校へ転勤となりました。その小学校は、木次から北西の大東町へ向かって4㌔の高台にある学校で、自宅からの通勤が可能でした。

寺領小学校勤務が決まった時のことです。先生からお祝いの便りが届きました。手紙の中には「どの子も子どもは星」という詩が入っていました。先生の直筆で、詩の後に印鑑も押してあり、とても感動しました。

55年のことです。新しい校長として松江在住の、土谷《つちや》幸男先生が着任されました。

新任校長には教頭以下各教師が自分の教育方針などについて説明しますが、私は、東井先生から頂いた「どの子も子どもは星」という詞を手にして説明しました。

「あれ、これは有名な東井先生の直筆じゃーないか」

「はい、少しご縁がありまして……」

「『どの子も子どもは星』ウーン、ちょっとこの詩を貸せてください」

そう言うと詩の紙を手にして考えを巡らせられたのです。しばらくして私を校長室に招き入れられました。

〽　どの子も　子どもは星

みんなそれぞれがそれぞれの
ひかりをもって瞬きしている
僕の星を見て下さいと　まばたきしている
私の光を見て下さいとまばたきしている

校長先生は、気持ちよさそうに歌われたのです。土谷校長は以前から〝作曲の出来る先生〟として有名でしたから、この詩に感動されてさっそく曲を付けられたのでした。

歌のことについては素人の私でしたが、詞を用いるということは作詞家の承諾が必要です。そこで校長は東井義雄記念館の館長に、私は東井先生に直接電話を入れました。

「ほう、私の詞に曲を付けて歌に、それはいい、どうぞ遠慮なく使って下さい」

東井先生は二つ返事で承諾してくださいました。

校長はさっそく譜面を作り職員に配られました。とても明るくてリズミカルな曲で、どの先生も喜んで大きい声で歌われました。

校長によると、この曲は「子どもが歌う子どもの歌」ではなく、「子どもを歌う大人の歌」という解釈でした。この歌は昭和55年度島根県教育研究会「研究論文」に投稿され、やがて県下に広まっていきました。

そんなある日のことです。県教委の主催で、島根大学付属小学校で東井義雄先生の講演会が催されたのです。この会は松江地区主催で、私は当日になって初めてこの計画を知り、驚いたのです。早速、私は大原郡教育研究会の山本会長に「先生を木次にお招きしては」と提案しました。会長は喜んで同意され、面識のある私に交渉を託されたのです。

「東井先生、せっかくお越しいただいたのですから、大原郡へも足を伸ばしていただけませんか。先生のファンはたくさんいます。みんな大喜びしますよ」

「おお、それは嬉しい、毛利さんのお役に立つのであれば喜んでまいりましょう」

交渉は成立しました。先生は予定を変更してその日の夕方木次町へ駆け付けて下さいました。お宿は町内の天野旅館です。夜は山本会長と共に先生を訪ね、歓待させていただきました。

急遽声を掛けたのですが、思いのほか多くの教師が参加して下さり、翌日の午前中、木次小学校で講演会は実現しました。

教師は心を開き､子供たちの真実を引き出し、いのちの教育をしてほしい､そのような教えでした。私にとって、全国に名前の知られている先生をお招きしての行事など二度とないことであり、本当に名誉ある嬉しい講演会となりました。

実は先生は、松江からタクシーを用いた木次までの行程を、忌部町から山越しして大東町の佐世に抜けられ、私が教鞭をとっている寺領小学校の校門にタクシーを止め、小学校に向かってお祈りをされたというのです。そのことは夜のお食事の席で伺い、とても感激しました。数日たって知ったことですが、先生は翌朝も寺領小学校に徒歩で出かけられたというのです。

午前4時に旅館から出られ、4キロの道のりを小学校へ、そして校舎を見上げお祈りして下さったというのです。

「今日も毛利悦子が意義ある仕事をして成果のある一日となりますように、どうぞお守りください」

私はそのことを聞き、感激で胸が震えました。

何という敬謙《けいけん》で心の優しい、行動力豊かなお方でしょうか。僧侶であるからといえ、他人のためにここまでしてくださる方はいないと思います。世の中に立派な教師はたくさんおられます。しかし単なる通りすがりのような他人にわが身を犠牲にしてまで熱い思いを注ぎ祈ってくださる、そんな方に出会ったことはありません。いったい私は、教師として先生のお気持ちをどのように受けとめお応えしたらよいのか、その日から一心に考えました。そして出た結論、それは先生の教えを行動に移すことでした。

「児童のため、父母と教師が一体となった教育の推進」

私自身、このことについては工夫してきたつもりでしたがまだまだ足りない、もっと知恵を出し父母に働きかけてみんなを巻き込んだクラスづくりをしなければ児童は育たない、そのためには新たな手法を考案し、勇気をもって実行することである。

高校から大学と、とかく控えめで遠慮がちであった私です。しかし先生に恩を返すためには親に貰ったこの身体の能力の限りを引き出し、勇気をもって実行に移さねばならない、そのことに気付くとともに、果敢に行動を起こす決意をしたのです。

学級通信「にじ」

昭和55年、寺領小学校で新1年生を担当することになった私は、ここをスタートとして学級通信「にじ」を発行することにしました。

「学級通信」はどこにでもある教育の知恵ですが、私はそれをより工夫して、教師と、親と、子どもが心を合わせた連絡帳とすることで30人の児童を「どの子も光る星」にしようと踏み出したのです。

○通信紙の大きさはA４判１枚、右半分には主として学校や教師からの連絡、左半分は子どもや親の意見や報告、当面の学習予定など。
○内容は担当教師から父母や児童へのメッセージ、父母からの提案や連絡、児童から「先生あのね」のコーナー、感想文、忘れ物などなどきめ細かい通信文。
○発行は原則週一回、年間約50回。
○継続とスピードと思いやりが大切であり、教師からの一方通行にならぬようお母さんと子どもの語り合い、親から先生へのお願い、子どもの私生活にまで踏み込んだ意見交換、親の勇み足などへの教師からの気づきなど。

○3者が親しめるよう、季節観のある花や動物や子どものカットなどを盛り込む。

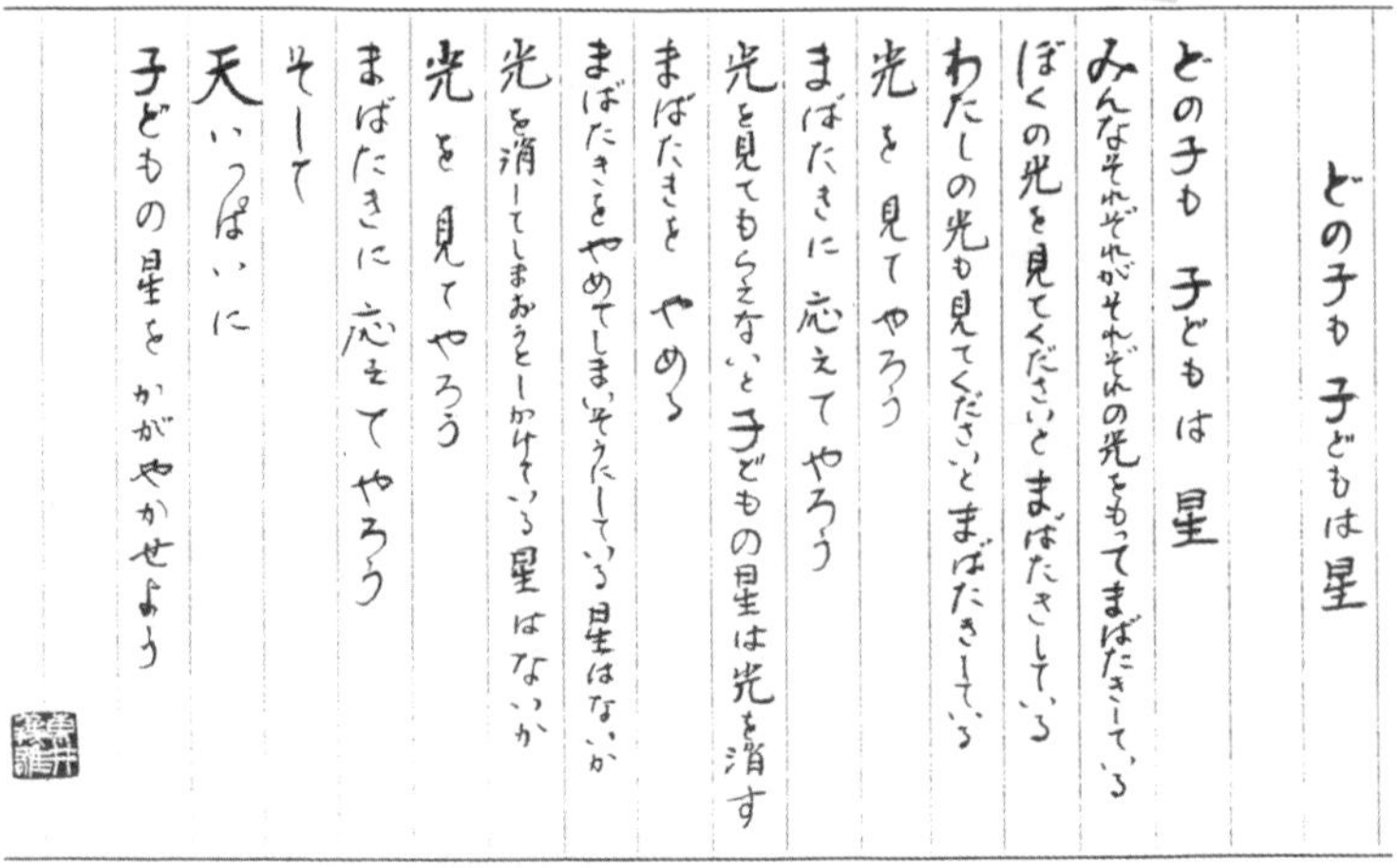
どの子も 子どもは 星

どの子も 子どもは 星
みんなそれぞれがそれぞれの光をもってまばたきしている
ぼくの光を見てくださいとまばたきしている
わたしの光も見てくださいとまばたきしている
光を 見てやろう
まばたきに 応えてやろう
光を見てもらえないと子どもの星は光を消す
まばたきを やめる
まばたきをやめてしまいそうにしている星はないか
光を消してしまおうとしかけている星はないか
光を 見てやろう
まばたきに 応えてやろう
そして
天いっぱいに
子どもの星を かがやかせよう

東井義雄

東井義雄先生直筆の詩

昭和55年　寺領小学校入学式（後列左４人目が著者）

1年生とはいえ、おうちでの教育はとても難しく、父母の中にはやり方が分からない人もいるからそれとなく指導します。また、私がうっかりしている時は父母からの連絡や児童から「先生あのね」のコーナーで私に気づきを与えてくれます。教育熱心のあまり親の勇み足もありますから私から気づきを与えることもあります。

週1回の発行は大忙し、出した翌日から次に取り掛からねばなりません。この時代、ワープロはありませんからすべて手書き、私にかかる負担は間断なく、作業はすべて自宅、だから午前2時、3時まで時間を費やすこともありました。

3者の期待は大きく、短期間のうちにとても幅広い意見交換のペーパーとなりました。問題は夏休みや冬休みでしたが、部数は減らしてもこの間も発行しました。

どの父母も真剣に我が子と向き合い、工夫やアイデアを凝らしてくれたおかげで、回を重ねるごとに紙面が充実しクラスが結束して楽しくもなってきました。殊に「ふれあい」「じどうのこえ」「先生あのね」「わすれもの」など、四季折々の子どもの成長した姿が手に取るようで好評でした。時として、個々の家庭や児童の声も取り上げ、開かれた紙面にしました。

幸いなことに、1年から3年までの3年間、私は同じ子どもを持ちあがりで担任させていただいたため、児童、父母、教師の3者が変わることなく成長してゆき、この「にじ」はとても貴重な学級通信としての役割を果たしてきました。

私が狙いとした児童、父母、教師3者の心の通い合いは予想以上に緊密なものとなり、子どもの

学級通信

1ねん

にじ

NO. 1
S. 55 4. 5

ご入学おめでとうございます

「きょうから一年生！」お子様の入学に感慨深く校門をくぐられたことでございましょう。あれこれと不安もおありと思います。

しかし、だいじなお子様をお預けした以上お子様が寺領小学校の一年生として、元気ですくすくと育っていかれることを祈り保護者のみな様と手をつないで健康でよい子に育てるために努力していきたいと思います。出合いをだいじにしつつこの一年間お互いに協力して楽しく過してまいりましょう。不束者でございますがよろしくお願いいたします。

入学直後のくらしについて

- お子様は、当分心身共に疲れられます。夜は早くやすませてあげてください。
- 集団登校しますが、地区の上級生に迷惑をかけないように、早目に送り出してあげてください。
- 忘れ物によって劣等感をいだいたり、あわてて取りに帰るようなことのないように気をつけてあげてください。（といってお母さまが手をかけてあげるのも困ります）
- お子さまが近所の友だちと元気に遊べるように力になってあげてください。

著者直筆の学級通信「にじ」 No.1表

友だちとよく遊べる子は、学級集団の中でよく学習もできます。

• 学校であったことを聞いてあげる時間をもちましょう。そして、良いところを必死に探してほめてあげましょう。

五本の指の約束

一年生は、学校生活の基礎ですので、教科の学習もですが、次の点をしっかり身につけさせたいと思います。

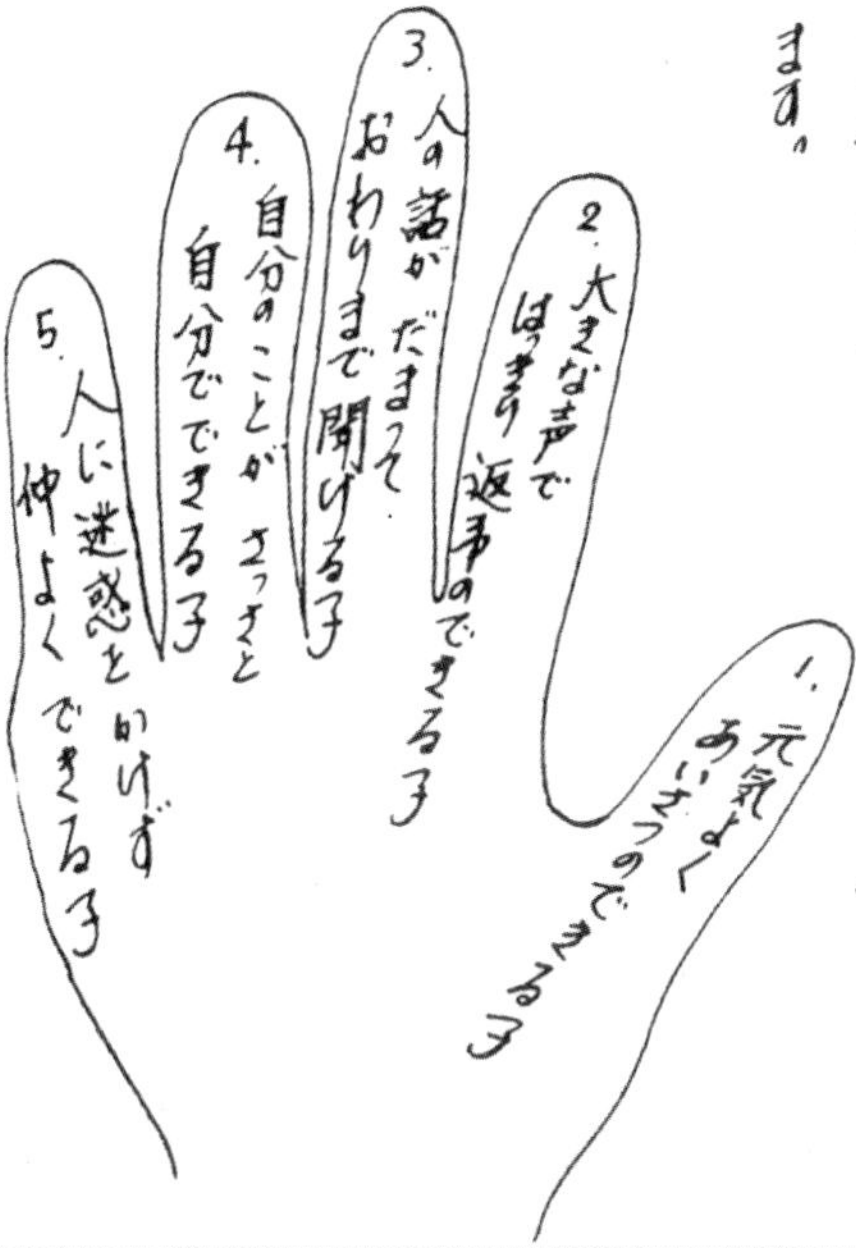
1. 元気よくあいさつのできる子
2. 大きな声ではっきり返事のできる子
3. 人の話がだまっておわりまで聞ける子
4. 自分のことがさっさと自分でできる子
5. 人に迷惑をかけず仲よくできる子

学習予定

	7（月）	8（火）	9（水）	10（木）	11（金）	12（土）
1	特活・先生と話しましょう（入学した感想）	国語・自己紹介（自分のこと 家族のこと）	算数・かず	国語・自分の名前を書く	算数・かず	・かずのおけいこの記名しらべ
2	特活・よい返事・道具の出し入れ	特活・座席が元・便所の使い方	社会・学校めぐり	特活・ならびっこ・廊下の歩き方	体育・おにごっこ	国語・なかよしの木
3	体育・道具を使って	図工・すきな絵	図工・学校めぐり	音楽・ひらいたひらい	社会・わたしたちの学校	音楽・ちゅうりっぷ
持ってくる物	・マスク（給食が始まります）	クレパス 児童調査表〆切.	算数・社会の本.	国語のノート 音楽の本	算数・社会の本 算数のノート	国語・音楽の本 国語ノート かずのおけいこ

連絡帳・ふで入れ・下じきは毎日持たせてください。

教師、親、子どものメッセージ　No.1裏

学習成果が高かったこと、置きさりになる子どもがいなかったこと、どの子も光を発したことで、私としては3年間苦労した甲斐があり、満足でした。

ちなみに、58年3月24日「にじ」の紙面に掲載された私の通信簿（子どもたちの採点集計）は以下の通りです。

100点26人　99点2人　90点1人　30点1人

（子どもからの所見）

○きびしく悪いことをしたときはしかって、悪い根をぬく努力をしてくださった。

○「にじ」を書いてくださった。

○「先生あのね」のあと書きを一生けんめい書いてくださった。

○話しかけてくださった。

○私たちのために病気でも一生けんめいして…（多数）

○つらくても丸をしたり、文を書いてくださった。

○よくわかるように、わかるまで教えてくださった。（多数）

○楽しい活動をさせてくださった。

○やさしい時間はやさしく、きびしい時間はきびしく、良いことはほめてくださる。（多数）

○正しくしつけてくださった。

○ことわざを教えてくださった。
○いろいろくふうしてくださった。

3年が過ぎ、私の転勤が公表されたときのことです。3年間書き続けてきた「にじ」を、1冊の本に編集して父母に配っては、との提案が父母の方から出たのです。そしてほどなくそれは実現しました。その最後のページに、発起人連名により次のような「あとがき」がしたためられました。

「毛利先生は『一人一人の輝きを大切に』をモットーとして教育に当たられ、「にじ」を通して我が子の学級での活躍や問題点、学習の内容が手に取るようにわかり、家族全員が「にじ」が発行されるのを心待ちにしていました。この度先生の異動を機に、忙しい中、夜遅くまで毎週のように発行されたご労苦に感謝するとともに、子どもの成長のあかしとして保存したく発起しましたところ多数の皆様にご賛同を戴き、ここに発刊の運びとなりました。また、製本について金山印刷様の格別のご協力があったことをご報告いたします」

発起人　佐藤伊代子
景山由己子
本田真由美

編集されたB5判厚さ2センチ、黄色い表紙に5人の子どもたちの活動するカットの描かれた小冊子は、大原郡内はもとより、松江や出雲、石見にも行き渡り、反響を呼びました。

私自身の生きがいでもあったこの作業ですが、午前零時より早く床につくことはまれでした。今から振り返ると、本当によく頑張った、自分で自分を褒めてやりたい、そんな思いのこみ上げる今日この頃です。

親も子もこの本をいつまでも大切にし、時として繙《ひもと》いて下さることでしょう。

ここに至って私の願うことは、この30人の子どもたちが、これからも父母とよりよい関係を保ちつつまっすぐ逞しく成長してくれること、一人一人が、そのもてる個性を存分に発揮して、光りいっぱいに輝いてほしい、この一点のみです。

昭和59年　発刊された「にじ」

一大転機

この頃、私にとって困ったことが起きました。毎年昇任試験が近づくと、周囲から「管理職試験を受験するように」と、強く勧められるのでした。私は、自分が管理職になるほど能力的にも性格的にも適していないなどと思っていませんでしたから、お断りしたのです。

「飯石郡にも仁多郡にも女性の管理職はおられるのに、唯一大原郡からは管理職がでていない、毛利さん、頼むよ」

校長や、かつての先輩から繰り返し説得されました。殊に、島根県4人目の女性校長として活躍されていた飯石郡三刀屋町出身の須山清子先生からは熱心に勧められました。そんな事情で、私はやむなく受験したのです。

そうすると、平成2年4月1日付の人事異動で、久野小学校の教頭を命ぜられたのです。大原郡初の女性管理職ということで注目され、私にとっても名誉ある役職でした。


しかし私は、その1年後、教職を引かせていただきました。

――このままこのポストに安住していては、自分が駄目になる。

そう気付いたからです。

私にはずっと心を覆い、消え去ることのない大きな課題がありました。それはあの幼少期、中国から脱出した時から心に宿り、40数年を経た今、より重くのしかかっているのです。

日本はどうして侵略戦争を始めたのか、アジアでどのような悪辣《あくらつ》なことをしたのか、敗戦後、何故中国は日本に寛大な措置をとったのか、その真実を知るとともに、中国など恩を受けた国に恩返しをしなければならない、そして、真の平和を願い、二度と戦争の起こらない世界をつくるために、細やかながら己の人生を捧げよう、そんな課題なのです。

教頭という仕事が嫌いでも、期待外れでも、周囲とトラブルがあったわけでもありません。どうしても私の中で、これではいけない、私にはやらなければならないことがある、定年退職してからでは遅い、今すぐ新しい方向へ打って出なければ機を逸してしまう、後々どうにもならぬほど後悔することになる、そう、夢にまで見るようになったのです。

一介の教師上りが何を途方もないことを、と世の人は思われるでしょう。でもこれは私に課せられた人生の課題であり、私の「宿命」である、とまで思うようになったのです。

私に退職の決断をさせた大きなきっかけ、それは蒋介石の告文に出会ったことでした。

「蒋介石秘録」表紙

この頃、戦争の歴史、殊に我が国と中国との関係について勉強を重ねていました。そんなある日のこと、内モンゴル小学校時代の同級生から、貴重な資料が送られてきたのです。それは中国の蒋介石総統が戦争を終局する際したためられた「告文」という自作の文と、その解説文で、「まさに目からうろこ」だったのです。私は図書館に走りました。木次、出雲、松江と。そして産経新聞社が昭和52年4月に出版した『蒋介石秘録』なる本にも出合ったのです。

「蔣介石総統の告文」発出の経緯と背景（『蔣介石秘録14』等から）

第二次世界大戦の終局が間近に迫った昭和二十年八月十日、中国の蔣介石総統は日本の敗戦を見越して、みずから筆をとって告文を作成、八月十五日午前十一時、全世界にラジオ放送された。これは天皇陛下の終戦の詔勅が放送される一時間前であった。

敗戦後、日本人が最も憂慮していたのは、中国在住の軍人と居留民、二百余万人の安否であった。蔣介石の告示には、終戦を迎える中国人民に対し、その心構えと日本人民に対するとるべき措置が克明に指示されていた。この告示は、当時の日本人は知らなくても、中国人には知れ渡っており、中国人がその指示を忠実に履行したからこそ日本人は無事帰国できた。更に日本に対する終戦処理も、告示の精神・内容通りに実施された結果、捕虜もなく、賠償もなく、日本列島の分断占領が阻止され、天皇制は守られた。このため日本の再建は著しく促進され、敗戦国日本は救われたのである。

告　文

蔣介石

全中国の軍官民諸君、並びに全世界平和愛好の諸士、われらの対日戦は本日ここに勝利を得た。「正義は必ず独裁に勝つ」との心理は遂に現実となった。これはまた、中国革命の歴史的使命の成功を物語ったものである。

我が中国が、暗黒と絶望のさなかに奮闘すること八年、堅持してきた必勝の信念は、本日ついにその現実をみた。

現在目前に展開しているこの平和に対し、われらは開戦以来、忠勇犠牲となった軍民諸先烈、並びに正義と平和のために、共に戦った友邦に、深く感謝を捧げよう。（略）

わが国の同胞が開戦以来八年、その間に受けた苦痛と犠牲は、年ごとに増したが、必勝の信念も日ましに強まった。殊に被占領地区の同胞は、限りなき虐待と奴隷的屈辱をなめつくしたが、今日すべて解放され、再び青天白日にまみえることができた。

ここ数日来、各地に湧き上がる軍民歓呼の声と、溢れ出る安堵の表情は、実に被占領地区の同胞が、解放されたからに他ならない。

現在われらの抗戦はついに勝利を得たが、まだ最終的勝利ではない。

この戦勝のもつ意義は、単に世界の正義の力が勝利を制したことだけにはとどまらず、世界の人類も我が同胞と同様、今次の世界が世界文明国家参加の最後の戦争になることを切望しているものと信ずる。

もし今次の戦争が人類史上最後の戦争となるならば、たとえ形容不能の残虐と屈辱を受けたとはいえ、決してその賠償や戦果は問うまい。

わが中国人は最も暗黒な絶望の時代でも、なお民族を一貫する忠勇仁愛堅忍不抜の偉大な伝統精神を堅持してきた。これは正義と人道とのために注いだすべての犠牲は、必ずや相応の報酬が得られると深く信じてきたからである。（略）

わが中国の同胞よ。「既往をとがめず、徳を以って怨みに報いる」ことこそ、中国文化の最も重要な伝統精神であると肝に銘じて欲しい。

われらは終始一貫、ただ侵略をこととする日本軍閥のみを敵とし、日本人民は敵としない旨を声明してきた。今日敵軍は連合国に打倒されたので、一切の降伏条件を忠実に遂行するよう、もちろん厳重に監督すべきである。

しかし決して報復したり、更に敵国の無辜の人民に対して、侮辱を加えてはならない。われらはただ日本人民が、軍閥に駆使されてきたことに同情せよ、錯誤と罪悪から、抜出ることだけを望むのである。もし、暴行をもって敵の過去の暴行に応え、奴隷的侮辱をもって謝れる優越感に報いるなら、怨みはさらに怨みを呼び永遠に止まる所がない。これは決してわが正義の師の目的ではなく、わが中国の一人一人が、今日特に留意すべきところである。（略）

ここで余は、まず、最も困難な任務を申し渡したい。それは軍閥から誤った指導を受けてきた日本人民に対し、自己の犯した錯誤と失敗とを如何にして納得させ、かつ心から喜んで我が三民主義を受け入れさせるかである。

そして公平正義の競争が、彼らの武力略奪や独裁恐怖の競争より、真理と人道との要請に適っているかを、認めさせることで、これこそ、我が連合軍に託された、今後の最も困難な任務である。

世界永遠の平和は、人類の自由平等の民主精神と博愛にもとづく相互協力の基盤の上に築かれるものと確信する。それゆえわれらは、民主と協力の大道を邁進し、もって世界永遠の平和を協力し援護してゆかなければならない。

同盟国の諸士並びに我が全同胞よ。武力によってかち得た平和は、必ずしも恒久平和の完成ではない。日本人が理性の戦場に於いてもわれらに教化され、もって徹底的に反省改心するよう導かれ、われらと同じく世界平和愛好者になった暁にのみ、今次世界大戦最終目標、即ち人類希求の平和が、初めて達成されると信ずるよう切望する次第である。

昭和二十年八月十五日、蒋介石総統が世界に向けてラジオ放送された告文(長谷川太郎氏訳)。


私は、瞬きもせず読みました。

解説には、「告示の精神が蒋介石の指示通り実行された結果、捕虜もなく、賠償もなく、日本列島の分断占領が阻止され、天皇制は守られた」とありました。

ソ連が敗戦国日本を、米、中、ソ、英で分断しようと画策し、再三にわたり主張したのを、中国が強硬に反対したことで、日本はアメリカ一国の支配となりました。では、最も甚大な被害を被ったはずの中国が自国を犠牲としてまでこの主張を通したのはなぜか、解説によるとそれはただ一つ、ソ連の共産主義拡大を恐れたためのようでした。蒋介石は日本を防波堤としてソ連の共産主義がアジア大陸を侵害し、全地球に拡大するのを阻止しようとしたのでした。

■終戦のメッセージ

告文　　蒋介石

全中国の軍官民諸君、並びに全世界平和愛好の諸士、われらの対日戦は本日ここに勝利を得た。「正義は必ず独裁に勝つ」との真理はついに現実となった。これはまた、中国革命の歴史的使命の成功を物語ったものである。

わが中国が、暗黒と絶望のさなかに奮闘すること八年、堅持してきた必勝の信念は、本日ついにその実現をみた。

現在目前に展開しているこの平和に対し、われらは開戦以来、忠勇犠牲となった軍民諸先烈、並びに正義と平和のため、共に戦った友邦に、深く感謝を捧げよう。

特に国父、孫文が艱難辛苦、われらを革命の正確な路線に導き、今日の勝利をかち得たことに対し感謝すべきである。また世界のキリスト教徒も、あい共に公平仁愛なる神に対し、感謝の誠を捧ぐべきである。

わが国の同胞が開戦以来八年、その間に受けた苦痛と犠牲は、年ごとに増したが、必勝の信念もまた日ましに強まった。殊に被占領地区の同胞は、限りなき虐待と奴隷的屈辱をなめつくしたが、今日すべて解放され、再び青天白日にまみえることができた。

ここ数日来、各地に湧き上る軍民歓呼の声と、溢れ出る安堵の表情は、実に被占領地区の同胞が、解放されたからに外ならない。

現在われらの抗戦はついに勝利を得たが、まだ最終的勝利ではない。

この戦勝のもつ意義は、単に世界の正義の力が勝を制したことだけには止まらず、世界の人類もわが同胞と同様、今次の戦争が世界文明国家参加の最後の戦争になることを切望しているものと信ずる。

もし今次の戦争が人類史上最後の戦争となるならば、たとえ形容不能の残虐と屈辱を受けたとはいえ、決してその賠償や戦果は問うまい。

わが中国人は最も暗黒な絶望の時代でも、なお民族を一貫する忠勇仁愛堅忍不抜の偉大な伝統精神を堅持してきた。これは正義と人道とのために注いだすべての犠牲は、必ずや相応の報酬が得られると深く信じてきたからである。

今次の戦争からわが中国が得た最大の報酬は、連合国との間に生じた相互尊重の信念である。この連合こそ青年の熱血と肉弾によって築かれた反侵略の巨大な堤防であった。

そしてこれに加盟したすべてのものは、ただ今次だけではなく、「人類尊厳」の共通理想実現のため、永遠に団結した同盟の友である。

これは連合国戦勝の最重点基盤であり、たとえ敵がいかなる分裂離間の陰謀を挑発しても、絶対に破壊はされないのである。

今後は洋の東西を分たず、人種の如何を問わず、全人類は日をおって加速度的に密接に連合し、ついには一家族のようになるものと信ずるのである。

今次の戦争は人類の相互理解、相互理解の精神を高め、相互信頼の関係を樹立した。さらに世界大戦と世界平和は不可分の関係にあることも立証した。

これにより将来は戦争の勃発が一層不可能になった。ここまで述べてきた余は「己に対する如く人にもせよ」「汝の敵を愛せよ」と命じられたキリストの教訓を想い出し、誠に感慨無量である。

わが中国の同胞よ。「既往をとがめず、徳を以て怨みに報いる」ことこそ、中国文化の最も貴重な伝統精神であると肝に銘じて欲しい。

われらは終始一貫、ただ侵略をこととする日本軍閥のみを敵とし、日本人民は敵としない旨を声明してきた。今日敵軍はすでに連合国に打倒されたので、一切の降伏条項を忠実に遂行するよう、もちろん厳重に監督すべきである。

しかし決して報復したり、更に敵国の無辜の人民に対して、侮辱を加えてはならない。われらはただ日本人民が、軍閥に駆使されてきたことに同情をよせ、錯誤と罪悪から、抜出ることだけを望むのである。もし、暴行をもって敵の過去の暴行に応え、奴隷的侮辱をもって誤れる優越感に報いるなら、怨みは更に怨みを呼び永遠に止まる所がない。これは決してわが正義の師の目的ではなく、わが中国の一人一人が、今日特に留意すべきところである。

全国の同胞よ。現在われらは中国を侵略した敵の帝国主義を打ち破ったが、まだ真の勝利の目的には到達せず、侵略の野心と武力は根底的に消滅しなければならない。われらは更に勝利の代償が決して傲慢と怠惰でないと悟るべきである。

戦争が確実に終了した後の平和な国土には、今後、戦時同様の苦痛と、戦時以上に努力し改造建設すべき艱難極まる任務が山積している。或る時期には、戦時よりも更にきびしい難問が、随時随所に吾が頭上にふりかかると、覚悟すべきである。

ここで余は、まず、最も困難な任務を申し渡したい。それは軍閥から誤った指導を受けてきた日本人民に対し、自己の犯した錯誤と失敗とを如何にして納得させ、かつ心から喜んでわが三民主義を受け入れさせるかである。

そして公平正義の競走が、彼らの武力略奪や独裁恐怖の競走より、真理と人道との要請に適っているかを、認めさせることで、これこそ、わが連合国に託された、今後の最も困難な任務である。

世界永遠の平和は、人類の自由平等の民主精神と博愛にもとづく相互協力の基盤の上に築かれるものと確信する。それゆえわれらは、民主と協力の大道を邁進し、もって世界永遠の平和を協力し擁護してゆかなければならない。

同盟国の諸士並びにわが全同胞よ。武力によってかち得た平和は、必ずしも恒久平和の完成ではない。日本人が理性の戦場に於いてもわれらに教化され、もって徹底的に反省改心するよう導かれ、われらと同じく世界平和愛好者になった暁にのみ、今次世界大戦最終目標、即ち人類希求の平和が、初めて達成されると信ずるよう切望する次第である。

【昭和二十年八月十四日、重慶より、蒋介石総統が全中国と世界にむけてラジオで放送された全文（長谷川太郎氏訳）】

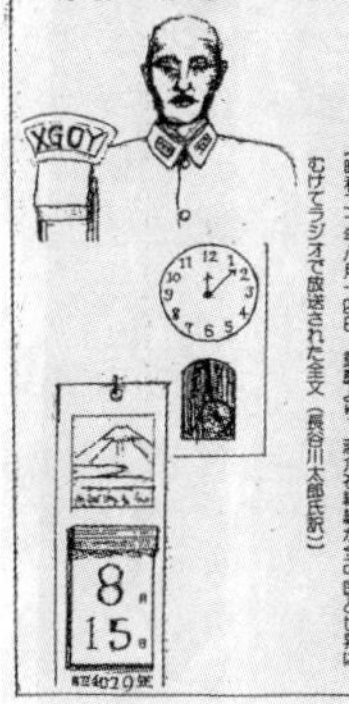

蒋介石総統の告文

このような中国の目論見はあったにせよ、戦後日本の復興は蒋介石のこの決断をもって果しえたのです。私たち毛利一家がソ連の追撃を受けつつも、戦勝国中国から何ら攻撃されることなく脱出できたのも、まさにこのお陰である、遅まきながらその真相を知ったのです。

作家の瀬戸内寂聴さんは終戦当時、中国で夫と生後間もない乳児と3人で暮らしておられたようです。終戦の日、日本人は皆殺しにされると思って、その晩は怖くて眠れなかったと。ところが、翌日、そーと窓を開けてあたりを窺《うかが》ったところおかしなものが目に飛び込んできたというのです。「以徳報怨」(仇に報いるに、恩をもってする)赤い短冊みたいなものが向かいの塀の壁一面に張り巡らされていたというのです。

『日本はこんな広い心を持った国と戦争をしたのか、負けるのが当然だ』瀬戸内さんはそう、腹の底から思ったと記述しておられます。

私に与えられている時間は限られている、定年まで教職を続けていたなら目指す課題に何ら挑戦することなく人生を終えることになってしまう、私の心は揺れに揺れました。そして家族に相談したのみで退職を決断し、辞表を提出したのです。

校長先生を始め幹部は驚いて理由を問いただし、懸命に慰留されました。辞表願いは内示の直前まで受理されませんでした。しかし、私の決意が固かったため皆さんもこれを認めてくださいました。組織はもとより、同僚や先輩、後輩に失礼のあることは重々承知の上での退職でした。教師生活33年はよき師、同僚、保護者、子どもたちに恵まれた歳月でした。私のようなものを支え続けて下さった皆さま、本当に本当にありがとうございました。

退職に先立ち尊敬する東井先生に報告を致しました。先生は、私が第2の人生に自分を捧げる決断をしたことに理解を示され、お祝いとして「喜びの詩を染め付けたふくさ」を贈って下さいました。

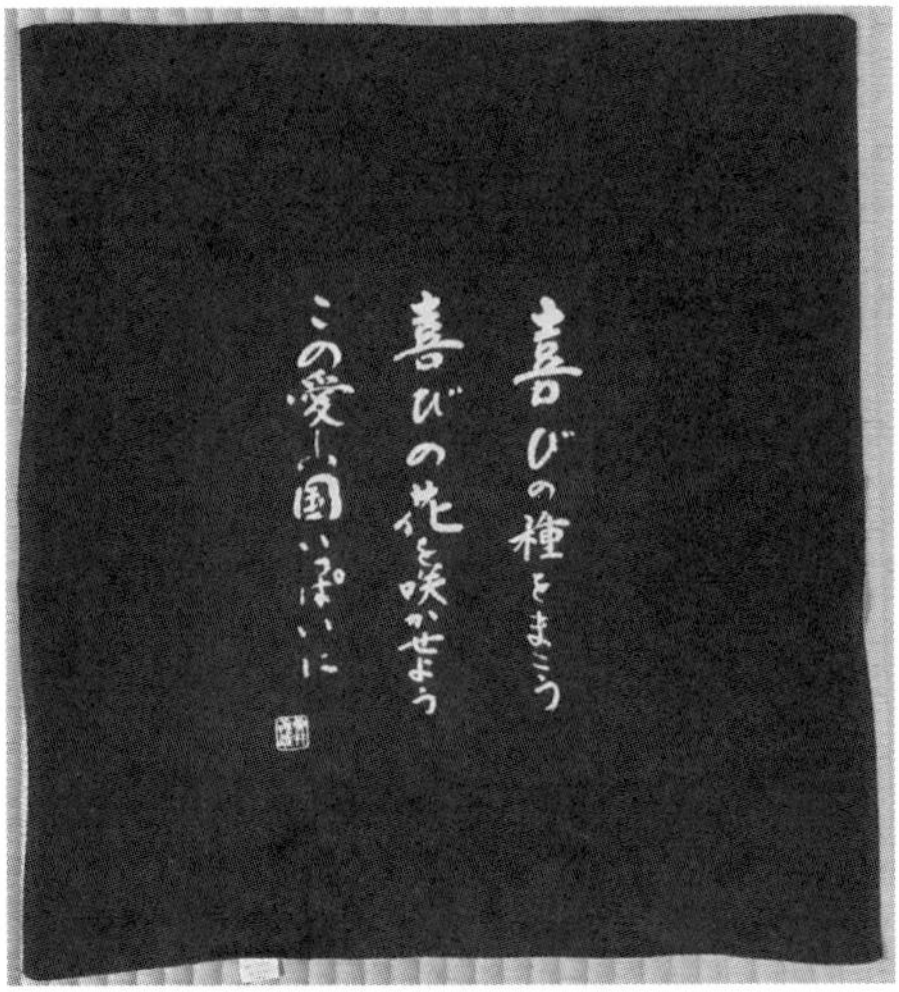

喜びの詩を染めつけた
東井先生謹呈のふくさ

六　地域貢献

師との別れ

平成3年3月教員退職後、54歳から今日までの34年間、ひと時も休むことなく懸命に活動してまいりました。

それは大きく分けると3つ、まず「地域への貢献」「中国への恩返しと世界平和のための活動」「同志との活動と子孫への引継ぎ」に分類されると思います。

どの活動もその都度出会った人によって導かれ、支えられ、ひたすら前に進んだことで、ある程度の成果を上げることが出来たと思っています。

この記録は、私がこの世を去った後、20世紀から21世紀にかけて毛利悦子が、毛利家がどのように存在したのか、子孫に継がれていったのか、その足跡の一端をたどるものとなることでしょう。苦しみの中でわずかな喜びを見出しつつ乗り越えていったあの日、指導し支えてくださった方々、友人、親族に対し、感謝をこめて伝えるささやかな記録誌です。

私の退職を前にした平成2年9月11日、母が亡くなりました。79歳でした。このころの母は、厳しい毎日にもかかわらずつとめて明るく振舞い、周囲を和やかにしていました。夏の疲れが抜けず、秋になると歩けなくなるほど腰痛がひどくなり、医者にかかったところ「1週間程度で楽になる」と言われて入院したのです。ところが不幸なことに入院数日後脳梗塞を発症し、2～3日病んだかと思うと死に至りました。

毛利家の４姉妹（左から２人目が著者）

思えば、3カ月に及ぶ逃避行、引き揚げて以来一家を守るために苦労の連続で、4人の娘を一人前にしたとはいえ幸せ薄い人生でした。長女の私にとって母は教師以上の師であり、ただただ感謝以外に言葉はありません。

母が亡くなり、久しぶりに姉妹が集いました。その際好きな自転車に乗って、4人で大社街道をサイクリングしました。

母の見送りを終え、翌平成3年の3月、33年に及ぶ教員生活を引かせていただきました。

不幸は続くもので、私が退職した直後の4月18日、心底尊敬する東井義雄先生がお亡くなりになりました。不思議なことに東井先生も母も同じ79歳だったのです。

私は、葬儀に参列は叶いませんでしたが、その月の28日、先生のお寺でお住いの兵庫県出石郡但《たん》東町《とうちょう》の東光寺に参拝させていただきました。

東光寺は、山村の小道を昇った浄土真宗のお寺で、見晴らしの良い高台にありました。

先生の遺影に向かい、これまでに賜ったご恩の数々についてお礼を申し上げるとともに、奥様、お嬢様に心からのお悔やみを申し上げました。

それから3年後の平成6年7月29日のことです。豊岡市但東町に「東井義雄記念館」が開館したのです。地元はもとより、全国の薫陶を受けた教育関係者や師と仰ぐ人達から、顕彰会を求める声が高まったことを受けての開設でした。

待ち焦がれていた私は、夫とともにはせ参じました。

記念館は、お寺から少し集落に寄った但東町の庁舎別館内にありました。記念館の左右に額や衝立に入った教えの記録が年代ごとに配置され、ガラスケースの中には教えの詩や、出版された本などが陳列されていました。目を引いたのは、本館の正面中央の大きな写真です。先生が教鞭を執られ、子どもたちが学んでいる教室の風景でした。

一番はもちろん尊い
　　しかし一番よりも尊いビリだってある

写真に、白い大きな筆文字で教えが描かれていました。

全国から熱心な教育者が訪れる記念館は、明るく開放的で、先生のお人柄がにじみ出ていました。一通り見学した後、応接室に伺いました。室の正面には大きな掛け軸がありました。

いくら今の教育にきびしさが
欠けているからといっても、
憎しみや、のろいや、冷酷《れいこく》さを
育てるようなきびしさは、
どんな場合でも
避けていただきたいのです。
これが東井という奴《やつ》の
遺言《ゆいごん》だと
お考えいただきたいのです。

先生がいつも口にされているお言葉が、まさに遺言のように伝わってまいりました。

尊敬する父が平成7年、自宅で急性心不全により亡くなりました。84歳でした。その日の午後、近所を廻って「いつ迎えが来るか分からんから、その時は頼むけんね、お世話になったね」と礼を言い、実家の墓参りをして帰ったあと、亡くなったようです。

私の両親は、家族に全く心配を掛けることなく人生の幕を閉じたのです。

○生きることは人に尽くすこと。
○お金は大切に使うこと。人のために喜んで使わせてもらうこと。
○目の前に困っている人がいたら、自分のことは後に回して優しく寄り添ってあげる。
父のこの教えを基本として我が家は保たれていました。


私も夫も永い間教員一筋にかけ、子育てや近所のお世話などの多くを両親に頼っていましたから、退職後の私の活動は、家庭の安定からスタートしました。

まず、平成11年から「毛利家族新聞」を定期的に発行したことです。これは、後に出てくる、外モンゴルで活動されている春日行雄先生の家族新聞を手本にしたものです。

毛利家は、2人の息子が結婚して同居の長男に男の子が2人、女の子が1人、浜田に勤務し別居している次男に男の子と女の子が1人誕生し、一族が11人となりました。そこで毛利家一族の歩んできた日々を記録する家族新聞を、となったのです。

家長である夫「幸」がこの担当となりました。創刊号は一の重なる平成11年の1月発行です。この年は元日に毛利家に一族全員が集い、床の間の掛け軸を背に記念撮影をし、この写真を創刊号の一面に掲載しました。

新聞のタイトルは「一心」で、一面トップに毛利家の家紋の入った旗に3本の矢を描きました。1本では折れやすい矢でも3本束ねれば折れにくい、すなわち毛利元就の説いた理論で、家族が一

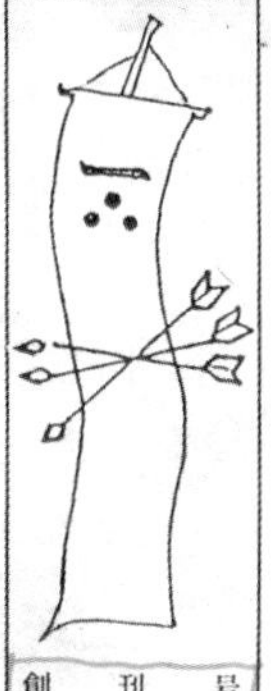

創刊号

平成11年1月

毛利家族新聞

◎創刊によせて

一年後は、世界は二十一世紀を迎える。この記念すべき年に我が家の機関紙ともいえる「一心」を創刊することは、誠に意義あることと言える。

先ず初めに機関紙に「一心」と命名した所以について述べてみたいと思う。

我が家の姓は「毛利」である。毛利ときくと先ず最初に連想することは、平成九年のNHKの大型ドラマ「毛利元就」を思い出す。元就はご承知のとおり、三人の息子が力を合わせれば偉大なものになることを諭した。この話は「三本の矢」で語られていることは、余りにも有名である。これに因んで家族が一丸となって助け会い生きていくことの意義を考え「一心」と命名した。又先年NHKで放映された「大地の子」の青年の名前も「一心」であった。このように考えると益々「一心」に特別な感慨を覚える。この機関紙が、我が家族の絆となって、今後大きく飛躍することを願い、末永く継続するよう努力したい。

そして又、教員の私の次男がいみじくも、学級目標を「一心」としていたことを後から聞いた。これ又不思議な因縁と言わざるを得ない。まあこの辺で機関紙のネーミングについては、これくらいにして次へ移りたい。

◎家族の動静

私（幸）年齢六十二才、定年退職後二年経過、目下二人の孫の子守に専念中、趣味は旅行、魚釣り、作句川柳、野菜づくりです。

妻（悦子）年齢六十二才、教員退職、現在は私と共に孫の子守に奮闘中、寸暇を惜しんでボランティア活動、その外社会福祉活動に参加し、自己研鑽に努めている。その為その余波を受け迷惑を受けているのがこの私、夜遅く迄部屋でごそごそ、寝るにもねられず目下睡眠不足、いやまあこんなことを言うと罰が当たるかな。

長男（寿）年齢三十二才、課題の多い学校教育の最中、小学校の教師として目下精励している。趣味は玉弾き（？）ストレス発散のために楽しんでいるようだ。男児二人の父親としてもスキンシップを大切に子育て真っ最中。最近パソコン購入、インターネットどうのこうのと猛勉強中、私は全くチンプンカンプン、情けないな。

長男の妻（江美）年齢三十才、夫と同じ小学校教育に携わっている。現在二児の母親、子育て真っ最中、仕事と家庭との両立をモットーにした生活が当分続きそうだ。長男の直ちゃんもいよいよ4月から幼稚園、これから長いわが子の学校生活に対応する人生に突入、あせらず温かく長い目でわが子を見守って欲しいというのが、老婆心ながら祖父母の正直な願いです。

孫（直人）年齢四才、本当に可愛い児、最近自己主張が強くなったかな。目くりくり笑顔が愛くるしい。去年は思わぬ負傷、本当にびっくり、でも傷も浅く美男子に影響がなかったことが、不幸中の幸いであった。いよいよ今年は幼稚園へ入園、どんなことやら楽しみのなかに、心配もちょっぴりというところが本音です。その一つが直ちゃんは野菜をたべないね。"どうしてかな？直ちゃんはゲーム好き、おじいちゃんは神経衰弱になりそう。この意味分かるかな。でも直ちゃん凄い、もう平仮名も片仮名もよめるもん。そして今度は漢字にも挑戦"こんなことというのは家族馬鹿かな。まだまだ沢山書きたいことがあるが、次号にゆずるよ。

孫（元樹）年齢二才、兄ちゃんに似た本当に可愛い子、最近特に成長著しい。"元ちゃんは働き者（？）寝ることが大嫌い、朝も早いし夜も遅い。"そしてオンブ大好き、おばあちゃんにおんぶすると、気持ちがいいのかやっとおねんね"幼児に似合わず自動車に乗るのが嫌い"自動車の中で大暴れ、でも最近は大分成長して少しおとなしくなったかな。"でも今日ドライブ中兄弟大暴れ、あ！車の中で名誉の負傷、びっくり心配でした。"でも直ちゃんとともに今後どの様に成長するか楽しみ一杯です。

次男（伸）年齢二十七才、住所：浜田市朝日町、小学校教員として、原井小学校に新採赴任、現在4年目、二年目に当地で結婚、幸せな家庭を築いている。一児の父親、愛児の名前は和真、本当にお茶目です"次男も時代に遅れずパソコンに熱中のようです。他にギターの演奏、一度聞いてみたいものです。"小学校でも、学級崩壊の時代、教育者として今後益々苦難なことが多いと思うが、しっかり教育の道に励んで欲しい。"

次男の妻（尚子）年齢二十九才、小学校教員、現在は専科教員として勤務中（専科音楽）、夫と共に子育て奮闘中、共働きで核家族だから仕方がないかな。朝の毛利伸家の多忙な様子が目に浮かぶ。和真ちゃんの泣き声が聞こえそうです。愛児の成長を楽しみに、二人で力をあわせて頑張ってくださいね。

孫（和真）年齢一才、ひかり保育所赤ちゃん組、保育所の人気者とか、お茶目で動作が早く腕白な感じがします。でも今のところ人にだっこさせないね。大分慣れてきたけど。保育所にも泣かないで行けるようになったとか。中野のおじいちゃんに似ているね。

愛嬌があって、本当に面白い子元気に遊ぶのはいいけど、怪我をしないで、パパやママの言うことをきいてお利口ちゃんしてね。お兄ちゃんになるのはいつかな

また木次に来て、直ちゃん、元樹ちゃんとあそぼうね。

1999年の元日の朝家族が揃う

◆毛利伸一家通信から

遅くなりましたが、毛利新聞第一号の原稿を送ります。時間がなく、手書きに出来なくてすみませんでした。次回からは、もう少し余裕をもって望みたいと思います。

最近、和真は泣かずに保育園に行くようになりました。生活発表会の練習の中で覚えたのでしょうか、家でもいろいろな踊りをして楽しんでいます。

正月に直人、元樹と過ごして遊びに幅が出てきました。机乗り・アグル遊び・パンチ・キックごっこ」などです。見ていて危なつかしい時がありますが、様々の体験を通して、逞しい男の子に育ってほしいと願っています。

また帰ります。

その時はよろしく頼みます。

毛利家家族新聞

島根日日新聞　2009年（平成21年）3月10日（火曜日）

家族新聞10周年に

木次の毛利さん一家

雲南

きのう　今日　あす

雲南支局
雲南市三刀屋町1121
TEL（0854）45−3991
FAX（0854）45−3993

家族新聞を手に、毛利幸さんと悦子さん

家族新聞を発行している雲南市木次町の元教員、毛利幸さん（72）一家の「毛利家族新聞」が発行から十周年を迎えた。創刊号は一九九九（平成十一）年一月。家族の足跡や動静、日々の生活、子育て、わが家の十大ニュースといった内容で、年二回程度発行し、このほど二十号になった。

息子一家と協力し

幸さん、妻の悦子さん（72）、長男の寿さん（42）ら家族七人と、浜田市に住む二男伸さん（38）一家四人で作っている。一族が協力して新聞を発行することで、毛利家の先祖毛利元就の「三本の矢」のように団結を深めようと始めた。

新聞はB四版の大きさで、一回分は四、五枚程度。幸さんが編集を担当。新聞には、小二から中二まで五人の孫の文章や絵も掲載され、子どもたちの成長の記録にもなっている。昔の新聞を読んで幼いころの自分たちの文章に感動している孫の姿を目にすることもあるという。「過ぎ去ってから読んだ時に、いいなあと値打ちを感じてくれるだろうと思う」と幸さん。

悦子さんは、八歳だった終戦時の悲惨な引き揚げ体験から、生かされた命と感じ、社会貢献できればと今もボランティア活動に携わる。「思いやりの心を持ち、私利私欲に走らず、心豊かに人生を歩んでほしい」との願いを込め、子や孫に伝えておきたいことや雑感などをつづっている。

二十号には、寿さんによる家族の十年後の予想など楽しい企画も。家族全員が原稿を書くところから始め、制作には約一カ月掛かる。幸さんは「継続するのが大事。これからも続けていきたい」と話している。

平成21年３月10日　島根日日新聞

丸となって助け合い生きていくことの意義を訴えたのです。次に、家族11人の近況を、2面には別居している次男伸《しん》一家と、同居している寿《ひさし》一家の近況報告です。

次男伸《しん》の長男和真は保育園での歌やダンスが、長男寿の長男直人はポケモンとウルトラマンに、2歳になった次男元樹はママの顔を見るとおっぱいを欲しがり昼寝も苦手の様子を。

3面には悦子の「値打ちのある亀になりたい」の随筆と我が家のニュースを、下欄には春日行雄先生の友人でイギリスに住んでおられるモンゴル人の歴史学者オノン夫妻の写真と、山陰中央新報に掲載されたオノン氏の奥様の記事「日本人は欧米人と同じ生活をしているのに長生きできる、その訳は、やはり人と人の付き合いが温かいからだ」を転載しています。

新聞の発行責任者である幸は、この新聞は毛利一家の生きている証で他人様を意識したものではない、家族11人の心を一つにして家族愛を育てていきたい、3カ月に1回発行する、このことを宣言しています。

さて、引き留められながらも、教員を退職した私の活動です。大きな課題に取り組むためにはまず、身の回りから行動を起こさねばなりません。地域あっての毛利家であり自分は地域に生かされている、そう思っているからです。

ひたすら地域のため

地域活動の手始めに、子ども読書会を始めました。

小学2年生から5年生までの男子10人、女子15人が参加してくれました。私の目標は2つありました。

○活字離れの現代の子供に本に親しませ、心豊かに育む。

○異年齢の子供同士を交わらせ、地域の子供として心優しく逞しく成長させる。

永い教員生活で読書の奥深さを知るとともに、指導方法・筆記・読解力など多くのことを修得していましたから親御さんの期待は大きく、子供達も喜んで参加してくれました。

子供たちが教科書を手にして、声を揃えて発声する昔ながらの朗読に始まり、それぞれ気に入った本を手にして集まり、大きな声で読み、その意味を説明する読書会は、回を重ねるごとに充実し、地域の子供のはつらつとした姿がそこにありました。

朗読奉仕活動の一環に「視覚障がい者や寝たきりや独居老人に聞いてもらうためのテープ作成」がありましたが、子ども読書会はこの活動のためにも有益となりました。

私の活動で重要なのが障がい者支援です。障がいをもつ人は「障がいを持っていることは不自由ではあるが不幸なことではない」「障がい故に何かができないとき悔しいと思ったことはないが、ひとから差別を受けたときは本当に悔しい」と語っておられます。「私は障がい者ではない」「あの人は私達と違うんだ」という気持ちが働いている限り、障がい者が地域で気持ちよく暮らすことは出来ません。

悲しみの底で、1人でも泣いている人があったら福祉の町とはいえません。私は、地域や小中学校等に招かれた時は、自分の経験をもとに、障がい者支援の考え方や、優しい実技について説いています。すべての人がこの木次に生まれてよかったと思える、そんな街づくりのために微力を捧げたいのです。

まず、私自身が良き指導者となるために、7年前から図書館に足を運び、NHKの話し言葉講座・朗読・ナレーションなども継続して学びました。

次に、心身障がい者のための共同作業場での指導です。我が家の近くに共同作業所「きすきの里」があり、そこでは和紙工芸製作と販売、商品の折りたたみ・箱詰め・包装・シール張りなどをしています。

私がこの作業所で受け持っている分野は、精神障がい者の表現活動を豊かにすることです。月に2回、絵画・習字・折り紙・粘土細工・簡単な読み書きと計算について指導しました。

私のキャッチワードは、その人なりにのびのびと自己表現できるよう、「無理なく楽しく」です。東井先生の教えのなかに「みんなどこかにその人しか持たない光を戴いて生まれている」とあり、1人1人を輝かせるようその個性を引き出すことが大事なのです。特に精神障がい者の方達については、健全な部分を伸ばしてあげる配慮が大切でした。

昨年の夏入所したMさんは、入所前までは声を掛けても反応がなかったのですが、みんなと交わることで今では自ら語りかけてこられ、周囲の人から「表情が明るくなった」といわれています。

年の初めの1月は書初めです。テーマとして、郷土に関係する言葉を提案してみました。Kさんはそれをヒントに町のシンボルである「籔上橋」という文字を書くことにしました。

Mさんは母子家庭で育ち、母と2人暮らしです。なかなか書く言葉が決まらないので「おふくろさんはどう」とアドバイスすると目を輝かせて「本当ですか」と笑顔をのぞかせました。でもそのうち「やっぱり……」とぽつりとこぼしました。「今年の願いは」と尋ねると「小学生が書いているものでもいいですか」と聞かれ、「大きい心」に決定しました。

Y子さんはどうした訳か朝から不機嫌で自分勝手なふるまいをしています。彼女が日頃から折り紙に興味を持っていることを知っている私は、折り紙を持ってきてみせたところ、大声を張り上げて喜び、私の手から折り紙を奪い、風船を折り始めました。3個折ったのを見計らって「Y子さん、書初めをしてから続きを折ったら?」というと、さっと立ち上がって筆を執り、ニコニコしながら木次町の名物である「さくら」と書きました。

人間が人間を理解することは「障がい者とか健常者といった考えではなく、1人の人間として全身全霊で相手を理解しよう、自分を理解してもらおうとする気持との一体化である」と気付かされました。

私は以前から「NHK学園」で折り紙講座を受講しています。講師先生の暖かく丁寧なご指導のお陰で挫折することなく折り続け10数年が経過しました。「教える」「教えられる」関係はどの分野も原点は同じで、温かさ・厳しさ・新鮮さがポイントです。この頃ではジャンルも広がり、小学生から障がい者、婦人会でも楽しみながら指導するようになりました。先日知人に、「優しい折り紙」で修得した花かごを折って手紙に添えておきました。数日後のことです。「孫が喜んで花屋から可愛い花を買ってきて挿してくれました。春であったならきっと野原で草花を摘んできたと思います」

非常に喜んで電話をくださいました。折り紙のもつ〝紙1枚で老若男女が楽しめる魅力〟がお孫さんの心を動かしたのでしょう。

後にも出てまいりますが、折り紙は私にとって言葉の要らない平和教育の手段です。国外では内モンゴル、外モンゴル、満州、韓国など方々で指導しています。

その代表的なテーマは、平和のシンボルの鶴です。鶴はアジアのどこの国でも愛されている鳥で、大人・子供・男女の区別なく喜んで折ってくれます。一口に鶴といっても、折り方は2百種類もありますから、子供や女性の興味を引き付け、気持ちを一つにするのにはもってこいです。国際交流の入り口として、鶴の折り紙を通して平和を語ること、これが私の個性的なパターンとなったのです。

踏み出した一歩

話を木次に戻しましょう。木次町の社会福祉協議会では、昭和60年より、一人暮らしのお年寄りの孤独感の解消を目的として「ふれあい弁当」を企画しています。

自宅への直送で、1食3百円と安価、おかずの種類が多いことから人気が高まり、今は月2回になりました。

届ける役目は地区ごとにチームを組んでいます。町内の業者から届けられた弁当を籠に、家庭へと走ります。弁当にはヘルパーさんによって季節に応じて心和むしおりが付けてあり、カットも添えてありますから、より期待が膨らみます。

「こんにちは。お弁当お待たせしました」

「まあまあ、先生いつもありがとうございます、先生の足音を、今か今かとお待ちしていました」

教員を退職した私ですが、地域の方からは「先生」と呼ばれます。始めの頃は「『毛利さん』と呼んで下さい」とお願いしていましたが、どうしても変えられなくてそのうち面倒になり、お任せしています。

「先生、汗をかいておられますよー」

玄関に出られることの早いこと、心待ちにしておられると思うと私も小走り、額に汗が出ます。

「お待たせしてすみません」

「まあ先生、そんなに走られなくても。さて、今日のおかずは何かねー」

「開いてのお楽しみ……。この頃お具合はいかがですか」

「ええー、お陰様で血圧も尿酸値もベストです。先生は？」

人気絶頂のこの弁当宅配サービス、今後私がこの町に期待することは、児童や生徒の参加です。小・中・高生が無理なく活動に参加することです。そのことによって異世代交流が図られ、若者の郷土愛を高めることにもつながるのでは、そう思いそれとなく提案しているこの頃です。

「生きて生きぬいて」貨物列車の表紙

教員を退職するときの課題、すなわち、地域の活動に加えて戦争の悲惨さを説き、世界平和の語り部として活動する、このことにも積極的に一歩を踏み出しました。タイトルは「生きて生きぬいて」です。平成3年以降年間5~6回、多い年は10回も要請があり、声が架かればどこへでも喜んで出かけていきました。

始めの頃は知人や活動グループからの要請でしたが、マスコミが取り上げてくれたこともあって、やがて、方々の学校や社協、自治会から口が架かるようになりました。

終戦時の昭和20年8月10日、ソ連が攻めてきたため内モンゴルから脱出し、食う物もなく、着の身着のまま命からがらの逃避行、話はここから始まります。

両親と3人の妹と、3か月もの間何度も命の危険に晒されながら、その都度中国人に助けられ奇跡的に家族6人が帰還できたこと。日本人の行った悪辣極まりない戦争犯罪を許してくれた中国、そのおかげで今の日本の豊かさがある。恩を受けている日本はそれを返さねばならない、私はその恩返しのために教員を退職し、戦争のない平和な世界を築くために活動している、そんなあらすじです。

ある時は泣き、怒り、笑い、対象によっては平和を訴えつつ鶴の折り紙を携えて懸命に説いていています。日本文化の発祥の地中国、蒋介石総統の「徳をもって怨みに代えよ」あの言葉が日本を救い、国の分断を避けさせた、今後二度と戦争を起こしてはならない、他の国の人と仲良くしよう、自分のこと以上に人を愛し大事にしよう、そう力説してきました。

50年ぶりの内モンゴル

教員を退職して6年、木次を拠点として出雲地域での活動に力を注いでいた私でしたが、平成9年、幸運にも内モンゴルへ訪れる機会が巡ってきました。

「内蒙古自治区成立50周年式典」に招待を受け、夫とともに海を渡ったのです。

モンゴルは、ユーラシア大陸の真ん中あたりにあり、通称、「外モンゴル」と「内モンゴル」があります。

外モンゴルはロシアが建国した人民共和国で、日本の約4倍もの面積をもち、首都はウランバートル、人口は265万人で、相撲の盛んなことで知られています。

内蒙古自治区成立50周年記念大会

対して、内モンゴルは中華人民共和国の一部で日本の約3倍の面積をもち、人口は約2300万人います。

私が小学校3年生までいたのは、この内モンゴルの厚和、現在のフフホトです。

終戦後の1947年に成立した内蒙古自治区は、文化大革命で弾圧され、多くの指導者が粛清《しゅくせい》されるなどの苦難を経ての50周年記念大会でした。

この頃の日中関係は1972年（昭和47年）の田中角栄総理と周恩来首相による日中国交正常化調印により平穏なムードが漂っていました。

「50周年式典」に招待を受けたのは6人、私達以外は内蒙古と関連のある実業家でした。記念式典は実に盛大で厳かに、華やかなもので、私たち夫婦も大いに楽しませていただきました。

フフホトに道の付いた私たちは、4年後の平成13年の夏、当時の日本人学校の教師、同級生など20人とともに、再びフフホトを訪れました。目的は両国の友好、母校訪問、旧居探しでした。私は、実に56年ぶりにあの懐かしい「厚和日本国民学校」の門をくぐったのです。

まず私が目を見張ったのは、取り壊されているとばかり思っていた校舎が当時のままで残っていたことです。玄関・講堂・低学年の教室・高い煙突などがまさに元のままで、焼却炉のある煙突は遠くからでもよく見え、私にとっては母校のシンボルともいえました。

「いずれ貴方がたが訪ねてくるでしょうからと、その日のために壊すことなく保存していました」

案内してくれた係官は、にこやかな笑みを浮かべて丁寧に説明してくださいました。私たちは校舎の庭から教室を覗き込み、当時使っていた机がそのままの状態で保存されていることを知り、感激しながら正面玄関に差し掛かりました。

「お帰りなさい！」

突然、玄関の前に整列していた子どもたちが、大声を発しました。しかも「お帰りなさい」と言ったのです。7月の中旬、夏休みの真っただ中にもかかわらず教師や生徒たちが整列し、私たちを迎えてくれたのです。

「うわー、ああ嬉しい！　懐かしい！」

私は驚きと感激で、思わず涙しました。

ここで鬼ごっこをした、かくれんぼをした。私の得意は、あの建物の陰に隠れて、鬼が探しに出た途端飛び出し、かく乱すること、そうだった。

「思い出すなー、昭和20年の8月9日、先生から『ソ連が攻めてくるぞ！』といわれてここから逃げ帰った。よくぞ生きて帰れた。アア、なんという感激だ！」

厚和国民学校玄関

小学校3年生、8歳だった私でしたが、まるで昨日のことのようにあの日が蘇ってくるとともに、当時1年生だった妹篤子が頭によぎり〝いつか連れてきてあげるからね〟そう心の中で誓ったのでした。

旧校舎に隣接して4階建ての立派な鉄筋の校舎が立っていました。聞けばこの学校は、選ばれた優秀な子供たちの学び舎とのことでした。自治区成立50周年を迎えた内モンゴルでしたが、依然として貧富の差は激しく、遊牧民の子などの多くは学校に行けない様子でした。

次に旧居探しです。場所は見当が付きましたが、町並みや建物がすっかり変わっていてがっかりしました。ところが幸運なことに、幼い頃よく遊んでいただいたご婦人に出会ったのです。その方は、私が妹のようにかわいがっていた女の子の母親で、なつかしさのあまり、手を取り合って涙し、1時間も話しました。出会いの不思議を実感した1日となりました。

この日私たちの通訳を務めてくれた若い中国人女性は、「日本人はもう我欲を捨てて、他人のために生きなければなりません。私は日本人が好きだから、そのことが心配でならないのです」とおっしゃいました。

彼女は、戦時中日本が国土や財産を増やそうとして大陸へ侵略した、そのことを憂いて、「もう物質文明から精神文明に切り替えてください」と切に願っているように思われました。

七　国際平和への挑戦

偉人　春日行雄氏

モンゴルで超有名な日本人、それは春日行雄先生です。春日先生は出雲の伊波野村、斐伊川の川下の旧家の生まれで、春日家は副業として雑貨店を営んでいました。大社高校在学当時からモンゴルにあこがれ、希望を込めた論文を発表しておられたようです。

私が春日先生に初めて出会ったのは、50周年式典に招待された2年後のことでした。内モンゴル小学校時代の3年先輩で岐阜県にお住いの中田寿明さんから「今度春日さんが松江駅前の「テルサ」で講演される。めったに聞けないよい話だからぜひ」と案内を受け、友人と共に拝聴しに行ったのです。講演の終わった後の講師を囲む懇談会の席でした。

「私の家はねー、斐伊川の河口にある伊波野です。息子が6人、娘が5人の11人、私は兄弟の真ん中。毛利さんは元教員でしたよねー、私も18歳の頃は仁摩郡の大代小学校や大国小学校で代用教員をしていましたよ」

とても開けっぴろげな方で、少年時代からモンゴルに憧れていたこと、若い時教員をしていて女性にもてたこと、家族新聞を１００号も発行していること、モンゴルで貧しい子供たちのために私財をはたいて集合塾を経営していること、聞く話のすべてが興味深く、私の心はたちまち虜《とりこ》になりました。

分けても、住む家がなく、マンホールで生活するマンホールチルドレンなどに手を差し伸べ支援されている集合塾の話は驚きでした。

平成11年７月　春日先生と毛利夫妻

マンホールチルドレンとは、貧しい遊牧民などの子どもで、冬場、コンクリート道路の地下にある下水道の蓋を開けて中に入りマンホールを住み家にしている少年で、モンゴル独特の貧民文化です。

春日先生はこれらの少年を救うために、数年前からモンゴル政府に掛け合い、自分の貯えをもって施設を作り、数10人の恵まれない子どもを預かり教育されている、まさに自らの人生をモンゴルに賭けておられるようでした。

では、春日先生から頂いた最新の書の中から、先生がモンゴル政府に宛てた挨拶文をご紹介いたしましょう。

「カスガユキオは、１９２０年、アジア大陸の東の果ての小さい島「日本」に生まれました。13歳の少年時代より、『世界の東西を結んだジンギスハーンの生涯とモンゴル民族』の存在に興味を持ち、その夢を18歳の頃には『曙の子』という論文にまとめました。

そのころの日本は勢いがあり、それに乗って私は1939年の春には内モンゴルにあるモンゴル人のゲルに1年余り住み、その純真な民族性に触れ、『人間の原形の世界』と感じ、彼らとの共存生活に一生を投じようと決心したのです。

はからずも終戦の1945年、モンゴルへの囚われの身となり、2年間逆境下にありましたが、カスガユキオはその人生観を与えられたモンゴルに益々関心を持ったのです。その後50年間の日本における医師生活中も古今東西の資料を集め、横浜の自宅に『春日モンゴル書庫』6万冊を設けました。

1964年9月、日モ友好に尽くした同志のあとを継ぎ、友人と共に『日本モンゴル協会』を創立し、モンゴル人民共和国との国交樹立につとめました。（中略）

カスガユキオは、1993年9月生誕地に近い米子市に『モンゴル館』をひらき、1996年5月、日本モンゴル協会会長に就任、1997年、ウランバートルのウルジイト地区に〝恵まれない も向学心に燃えた遊牧民の児童〟を対象にした『テムジンの友塾』を開設しました。2005年8月にはダンバダルジャー寺院内に『モンゴル殉難日本人霊堂』を創設、毎年夏にモンゴルに滞在し、今後ウランバートルの地に『春日モンゴル書庫』を移し『日本文化堂』の開設を志しております。

はからずも、2003年6月モンゴル訪問の秋篠宮殿下、続いて2007年7月には皇太子殿下にお招きいただき『永年日モ友好にご苦労』のお言葉をいただきました。

この記念すべき2007年、J・ダンダワー氏から『27年目の名刺』が、続いてS・トボードルジー氏において『捕えられた日本の医師』が公刊されました。そこでこの機会をとらえて私の経歴を写真と図表で裏付けして書籍を制作いたしました。

恐れながら、モンゴルの歴代大統領、駐日大使を始めこの間ご指導ご協力いただきましたモンゴル朝野《ちょうや》のみなさまに謹呈させていただきたいと存じます。

この試みが、モンゴルと日本の友好親善の一助となれば光栄に存じます。

敬白

ウランバートル『テムジンの友塾』にて

2008年9月

春日行雄

春日先生の最も顕著な功績、それは前文の中にある「テムジンの友塾」の設立とその運営です。テムジンの友塾とは、モンゴル人の遊牧民の少年で、学ぶ意欲はあるものの親がいないなど貧しくて、マンホールで生活している等教育を受けられないそんな少年を保護し、春日氏経営の私塾に住まわせ身の回りの世話をしながら教育を施す施設です。この施設は私塾とはいえモンゴル国の認める教育機関です。その運営要項から説明いたしましょう。

テムジンの友塾要項

（目的）

モンゴルの子供（7～16歳）のうち、健康で向上心があるのに、家が貧しく、父や母がいなく不幸せな、住む家、着るもの、食べるものに欠け、学ぶことも出来ない者を集めて、最小限に充たし、将来モンゴル国の建設と繁栄に役立つ人を育てる。

1、モンゴル人職員が実際生活を指導する。（チヨイジルスレン、フフら4人）。

2、建設及び運営費は、すべて社団法人日本モンゴル協会会長春日行雄個人が提供する。将来（2～3年後）は、春日が日本国内の有志から集める「テムジンの友塾育成基金」によって運営する。

3、モンゴル人職員は必ず1名以上（男）常駐して、塾生の日常生活の指導に当る。春日は毎年少なくとも6～9月常駐する。また1～2月も常駐することがある。

4、塾生は、少なくとも17歳まで夫々在塾することを許す。

5、卒塾生は、在塾期間の諸経費を返納する必要はない。

6、春日はモンゴル人職員に対し、約束の俸給を毎月支給する。

7、当分、春日行雄が塾長をつとめ、全責任を全う。モンゴル側は、チヨイジルスレン、フフ夫妻が責任を負う。

8、塾生にして、共同生活を乱す者は、退塾を命ず。
9、状況に応じ、毎年9月に塾生を新たに補充することもできる。
10、将来は「テムジンの友塾」に、日本紹介の図書館、展示室、テレビ聴視室、印刷物発行室、講義室、講習室、討論室、スポーツ練習室などを備えた「日本文化室」を併設する。
11、塾生自立の一助として、飼牛、飼羊、飼馬の他、菜園作業、彫刻、描画、作曲、詠唱、角力、マラソン、自転車など各特質発揮の機会を与える。
12、卒業生にして、実力あるものは日本留学をあっせん、その目的達成を支援する。

折り紙による平和教育

私がテムジンの友塾を訪れたのは平成11年7月の深夜のことです。春日行雄先生に招かれて、夫、そして20人の仲間との旅でした。

仲間といっても20人に横のつながりはなく、共通の目的は春日先生のテムジン友塾を訪問することでした。でも驚いたことに、メンバーの中に内モンゴル出身の「紅梅《こうばい》」さんという千葉にお住まいの40代の女性がおられたのです。私が幼少育ったフフホトの生まれで、今でもお母さんはフフホトに居住しておられるとのことでした。この頃の私は、地域活動から国際貢献へと駒を進め、春日先生の招きに応じその一歩を踏み出したところで、彼女も共通の目的をもっていたため特に親しくなりました。木次の私の家へ泊まりがけで来てくださる仲となり、以来、彼女は私のことを「お母さん」と呼んでくれています。

友塾は、ウランバートル空港から車で約20分の地にありました。因みに「テムジン」とは、モンゴル帝国を築いたヂンギス・ハーンの幼名です。

私達の一行は、バスに揺られて広い敷地に入り、桃色の間口80メートル、奥行き20メートルの大きな2階建ての建物の前に到着しました。

そもそもこの建物は、2ヘクタールの土地の真ん中にポツンと残されていたモンゴル社会主義体制時代の残骸だったのです。幼稚園にするため、レンガだけで外部を造り放置されていたのですが、春日先生の発想でこの塾に生まれ変わったというのです。先生が大統領に交渉して借り受け、深さ30～50メートルの2つの井戸を掘るなど、６００万円の私財を投じて整備され、テムジンの友塾として活用されているのです。

先生の年金は月25万円、その中から毎月15万円を運転資金として送っておられるのです。

星の瞬く夜空にこいのぼりが風にそよぎ、灰色の建物が見えてきました。建物の玄関、そこで眼を見張ったのです。何と深夜にもかかわらず、40人もの塾生全員が建物の前で私たちを出迎えてくれました。そして次の瞬間、再び驚きました。

平成11年７月　「テムジンの友塾」訪問

「こんばんは」

何と、正確な日本語による挨拶だったからです。この子供たちは、親のない子や、親に捨てられるなど不幸な運命を背負っているはず、だがその輝いた声からそのような気配はみじんも感じられないのです。

その夜は同じ敷地の中にあるゲルが宿でした。ゲルというのは、円形をした組み立て式の住居のことです。この国は冬は零下30度にもなることから、ゲルは温暖な地を求めて解体して移動し組み立てる、モンゴル独特の住居なのです。

円形のゲルは直径6《メートル》、くぐり戸から建物の中に入ると、正面に仏壇があり周囲に椅子やベッド、家具が、中央には食卓が配置されています。風通しを良くするために天井には空気窓があります。この地方は限られた地区以外水道がないため、水の便の良い所を選定して設置するようです。

その夜、私と夫は春日先生のゲルに招かれました。

「私がここを始めて3年目、日本人の視察団は何10組とあったが、折り紙で平和学習をしたいという人は初めてだ。明日は期待していますよ」

春日先生から激励の言葉を戴いたのち、宿舎に指定された隣のゲルに移りました。

「いよいよ明日は私の出番、平和教育の第一歩だ。吉と出るか凶と出るか……ああ、仏様」

私は正面に設置されていたチベット仏教の仏壇に手を合わせてお祈りをしたものの、その夜は興奮してなかなか寝付けませんでした。

牛の乳をしぼる友塾の少年

翌朝早く塾の周囲を散策しました。驚いたことに、昨夜飛行場からここまで乗って来た専用バスのボデーには「大黒様」の絵が描いてありました。出雲出身の春日先生ならではと、感心しました。

早朝にもかかわらず子供たちは塾の周囲で野菜作り、牛や羊への餌やり、牛糞拾い、薪割り、水運びなどせっせと働いているのです。子供20人2組が、飲み水は2キロ先から、畑の水はそばの井戸から汲み上げ、ビニールハウスでトマト、ニンジン、白菜、キューリなどを育てているのです。

羊30頭、牛5頭を飼い、塾生は毎日牛乳を搾って飲んでいると。まるで自給自足をしているかのようでした。

そしてほほえましいのは理髪です。子供たち同志がお互いに刈り合いをしているのです。大人の指導がなくても楽しそうに……。思わず目頭が熱くなりました。

私達視察団は、建物に入って子供たちと触れ合いました。普段から練習しているのか、「桃太郎さん」「もしもし亀よ」など日本の唱歌を次々と上手に歌って聞かせてくれました。下は5～6歳、上は16歳ぐらい、男女はほぼ半々、どの子もきれいな手足で、清潔な身なりをしていました。

教官の司会により挨拶や自己紹介が終わりひとしきり、今度は私たちの出番です。

私はあらかじめ用意していた太陽を折った折り紙を取り出し、子供たちに与えました。言葉の要らない平和教育の始まりなのです。

「これ、なーに」「太陽だよ」

母親代わりのフフさんの通訳でスタートしました。4角い折り紙を3角に折ってまた折って家とか動物とか兜を折ります、心の通い合うハートづくりは、紙を数回折り、畳み、1角を挟みで切り、広げると見事に紙の真ん中にぽっかりとハートの形が出来ます。

「ウワーッ、ハートだ！」

子供たちはそのたびにキャッキャッと声を上げて叫び、喜びます。

いよいよ本番、鶴の折り方です。まず「平和鶴」です。鶴が羽を広げて立ち上がると胸に赤いハートができとても躍動的で、まさに平和のシンボルにぴったりです。

「これは「平和鶴」というのよ。どこの国の人も仲良く手を取り合って、こんなに輝いていたいよねー」

　次に「日の出鶴」を教えました。紙は赤色と金色を使います。背中に赤い日の出が輝くのが特徴です。

　その次は「羽ばたく鶴」です。鶴を折り、左右をもって羽ばたかせるのです。みんなで一斉に羽ばたかせました。そうしたところ、何人かの子が折り鶴の歌を歌い始めたのです。これにはさすが

友塾の子どもに折り紙を指導する著者

身をのり出し熱心に話を聞く子どもたち

の私も感激しました。

1時間半か瞬く間に過ぎました。でも、子供たちは物足りません。休憩に入ったところ、何人かの子供が私のところに走ってきて鶴の折り方や、ハートの切り方についての質問です。教えてくれとせがむのです。考えてみると、モンゴルには色紙はありません。だから、初めての体験なのです。

休憩が終わり、子供たちの将来についての夢を聞きました。

「僕はしっかり勉強して、大人になったら医者になります」

「私は先生になりたいです」

「ぼくは、警察の人に助けられて、ここに入らせていただきました。大きくなったら警察官になります」

聞けばこの少年は、マンホールで生活していて薬物乱用で警察の手入れを受け、その際保護され入塾したと。テムジンに入る子どもの8割は警察官によって発見された放浪児やマンホール、親から売られた少年で、中には親に奪い返され、子どもの意思で再入所した者もいるというのです。

母親代わりでお世話をされているフフさんは、モンゴル大学英文科卒で、国立旅行社のガイドを務めているところを春日先生に見初められ、ご主人と共にこの施設で働いておられるのです。英語・日本語も堪能で、暇を見て子供たちに日本語を教えておられるようでした。

「この子供たちはとっても輝いていますが、随分指導には苦労されているのでしょうね」

「ええ、家のない子、貧しくて家に住めない子ばかりです。でも、どの子も勉強したい、立派な大人になりたいといった意欲に満ちています。今はよい方向で結束しています。これも春日先生のお陰です」

春日先生は毎年6月以降の夏場はこの塾で寝食を共にされるものの冬は苦手で、彼女とご主人がこの塾の責任者として子供の成長を見守っている、とのことでした。

「いやあ、見事な紙さばき、折り鶴には感心しました。子供たちの喜んだこと、良き国際交流となりました」

昼食を戴きながら、春日先生との賑やかな歓談です。

「折り紙は色紙と挟みさえあればなんでも作れます、子供たちが喜んでくれてとっても嬉しかったです」

「折り紙とはいい発想だ。誰とでも親しくなれる、鶴はモンゴルでも平和のシンボルだ。行く先々で指導されたらいい」

春日先生から高い評価を戴いたことで私はすっかり気を良くし、折り紙を通しての国際交流は今後の私の得意技として使える、そう確信したのでした。

子どもたちから、日本の文化を吸収しようとする意欲を間近に感じたことから、帰国に際して主人と相談し、予定していた支援金を倍にはずみました。

出雲市の島根医科大学にはモンゴルから医者や学生がほぼ常時留学しており、モンゴル協会出雲支部の会議には医大生がよく顔を見せていました。そんな事情で、私は女医のエンヘ・サイハンさんという若い女性と顔なじみになりました。

「私、この前、テムジンで折り紙の指導をしました。子供たちが随分喜んでくれました」

「えっ、そうですか。私の勤務している病院は、テムジンの側です。今度来訪された際は私の病院へもお越しください。是非とも入院患者に折り紙を指導してほしいです」

「えー、本当です！　いいですとも、今年の秋参りますので、寄らせていただきます」

私は二つ返事でお受けし、その年の秋、テムジンに再訪を果たし、あの女医さんと約束した病院を訪問しました。

女医さんが勤務されている病院の小児科には当時10人もの子供が入院しており、私は女医さんの通訳により、さっそく折り紙の指導を始めました。

始めて1時間経った頃廊下の方が賑やかになり、カメラを持った人が部屋を覗きました。聞けば、マスコミでテレビ会社のようでした。

「テレビ局が取材したいと言っていますが、毛利先生、オーケーしますか」

「えー？　テレビですか……。子供さんのプライバシーは如何でしょう、大丈夫ですか？」

私にとって国内での取材はよくあるものの、外国では初めての経験でした。しかも折り紙の相手は病院の入院患者です。サイハンさんと相談して病室内での取材はお断りし、庭での取材となりました。

私が内モンゴル育ちであること、相撲の本場の日本人であり折り紙による平和教育をしているということで、テレビ会社も喜んだようでした。早速先生の通訳でインタビューが始まりました。

「毛利さんは終戦までフフホトに居られたそうですね。どのようにして帰国されたのですか」

「その時私は小学校3年生でした。ソ連の追跡で命からがら脱出し、日本へ逃げかえりました。中国の人には何度も命を助けられました。その恩返しにと、4度目の訪問です」

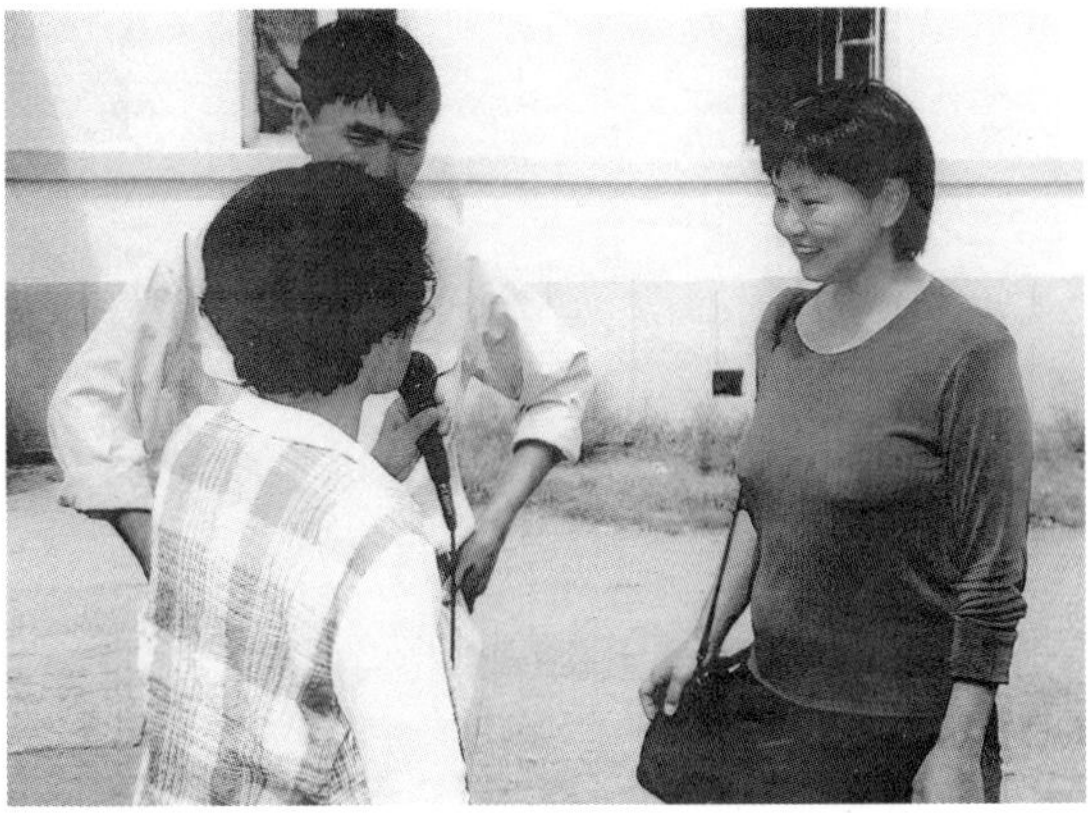
平成13年　モンゴルでのテレビ取材風景

「命を助けられたと、ほう、どんなふうに助けられたのですか」

「親子5人が食べ物もなく飢え死に寸前のところをリヤカーを引いた小父さんにリンゴを戴き、歩けない母と2人の妹が町までリヤカーに乗せていただき命拾いをしました。もう1回は池に落ち溺れ死ぬ寸前の私を駆け付けた小父さんに引上げてもらったのです」

「恩返しとは嬉しいですねー。みんな喜びましょう。モンゴルでは日本の相撲が人気ですが、これからは折り紙が流行るでしょう。折り紙の目的は何ですか？」

「世界平和です。私たちは2度と戦争をしてはいけません。モンゴルも日本も中国もすべての国が仲良くしてお互いに笑顔で打ち解けることです。平和のシンボルとして認め合っている鶴を折り交流しましょう。言葉はいりません、子どもも大人も、とっても楽しんでくれます」

そんな説明をしながらカメラの前で平和鶴・夫婦鶴・日の出鶴などを折って見せたのでした。

この取材では子どもに指導する場面はありませんでしたが、テレビを見たという別の病院からも折り紙教育をしてほしい、との要請があったようです。

それにしても、春日先生は凄い人ですね。85歳の大台に乗った今も、毎年モンゴルに通い恵まれない子供たちの健全な育成のお世話をしておられるのです。こんな凄い人が島根県から出ておられるなんて、本当に驚きです。

ある時、記者が春日先生にインタビューしました。

――僕の食事は1日2回、必要な栄養素を考え少量を摂る。睡眠時間は5時間ぐっすり眠る、常用薬はない、日本茶はたくさん飲む。大便は1日2回試み大腸内をいつも空にするように努め、小便も回数を多く体内清浄化を図る。ビールはカップ2分の1、85歳を過ぎ歩きにくくなったので自転車に30分ぐらい乗り、途中の坂は押しながら歩く。心配事を作らない。『すぐ実行する』即決型だから『気苦労』の余地がないと。

先生はまさに日本人の鏡です。私などとても足元へも近寄れません。もっともっと頑張らないと、つくづくそう思う私でした。

春日先生にはまった私は、数度テムジンを訪れました。先生のお陰で、モンゴルの地での折り紙による平和学習は静かなブームとなり、私はその都度大量の紙を準備して子供たちとの交流を深め、高度な折り紙の技術について教えるところまで駒を進めました。

このような活動が通じたのかどうかはわかりませんが、近年とみに両国間の交流は深まり、ここ20年、若者の中に、我が国の大学を選択するものが増えたほか、日本を就労の場として選択する若者がどんどん海を越えて訪れているのです。日本の相撲界へ飛び込む若者同様、彼らにとって、今、日本はとても魅力のある国になっているようです。

スーホの白い馬

戦争が終結して60年、私がいた当時の内モンゴルは中華人民共和国の「内モンゴル自治区」と区画変更されていますが、民族・生活環境・経済・言葉など依然として他の地区とはへだたりがあり、放牧民などの教育環境は悪く、今でも小学校に行けない子が沢山いるのです。

このように恵まれない子どものために小学校を建設しよう、こんな情熱を持った人が内モンゴルにもいました。馬頭琴奏者で、作曲家の李波《リボウ》さんです。

先ずはモンゴルに伝わる民話「スーホの白い馬」の物語から紹介しましょう。

むかし、大草原の広がるモンゴルにスーホという、貧しい羊飼いの少年がいました。ゲルと呼ばれる家でおばあさんと2人暮らしをしているスーホは、とても歌のうまい少年で、毎日20頭の羊を飼いながら、歌を口ずさんでいました。

ある夜のこと、スーホは生まれたばかりで死にそうな白い仔馬を拾い、死なせてはいけないと家に持ち帰り助けて育てました。その仔馬はスーホの行くところにはいつも一緒で、やがて雪のように白く引き締まって逞しく成長し、スーホが狼に襲われそうになった時も助けてくれたのです。

ある時、このあたりを治めている王様が〝競馬大会を開き、1等になった者には娘と結婚させる〟という触れを出し、その知らせがスーホにも伝わったのです。そこでスーホは、大好きな白馬に跨《また》がり競馬場へと向かいました。

競馬が始まり、国中から集まった逞しい若者たちは一斉に皮のむちを振りました。馬は飛ぶように駆けます。でも先頭を走っていくのはスーホの乗った白馬です。

「白い馬が1等だ、乗り手を連れてまいれ」

王様は家来に指図しました。ところが連れてきた若者を見ると貧乏な羊飼いでした。

「なんだ、お前みすぼらしい羊飼いではないか、その馬を置いてさっさと立ち去れ」

王様は約束を破り、銀貨を3枚を放り投げました。

「スーホの白い馬」表紙

馬頭琴を演奏する李波

「わたしは競馬にきたのです。馬を売りに来たのではありません」

「なんだと、羊飼いのくせにこのわしに逆らうのか、ものども、こいつを打ちのめせ」

怒った王様の命令でスーホは大勢に殴られ、蹴飛ばされて気を失いました。王様は白馬を取り上げると、家来を引き連れて帰っていきました。

スーホは友達に助けられてようやく家に帰り、おばあさんの手当てで傷もやっと治ってきました。でも、白馬を取られた悲しみは癒えません。

素晴らしい白馬を手に入れた王様は大勢の市民を呼び、酒を飲み白馬に乗ってみんなに見せびらかしました。そのとき白馬が恐ろしい勢いで跳ね上がり王様を地面にたたきつけると走り出したのです。

「者ども、早くあいつを捕まえろ、捕まらないなら弓で殺してしまえ」

怒り心頭の王様は家来に命じ、家来は一斉に白馬めかけて弓を放ちました。白馬の背には次々に矢が刺さり、大けがをし、全身血だらけになりながらスーホの元へ帰ってきました。

スーホは驚いて白馬の背に刺さっている矢を抜きました。でも白馬は弱り果てて次の日死んでしまいました。悲しさと悔しさで眠れないスーホ、やっとある晩とろとろと眠り込んだとき、白馬の夢を見ました。

「そんなに悲しまないでください。それより、私の骨や皮や筋や毛を使って楽器を作って下さい。そうすれば私はいつまでもあなたのそばにいられます」

夢から覚めたスーホは、白い馬が言ったとおりの楽器をすぐ作り始めました。楽器のさおの先は、骨で白い馬の顔を彫り込み、筋で弦をつくり、美しくなびいていた尻尾の毛は、弓に張りました。

スーホはどこへ行くときもこの楽器を離しませんでした。楽器を弾きながら歌うと、白い馬との思い出が鮮やかによみがえり、かたわらに、白い馬がいるような気がしました。羊飼いたちは夕方になると集まって美しい音色に耳をすまし、1日の疲れを忘れるのでした。

スーホの作った楽器は、馬頭琴と呼ばれるようになり、草原中に広まり、モンゴルを代表する楽器となったのです。


モンゴルに伝わるこの民話は、昭和40年代から日本の小学校の国語の教科書に取り上げられ、絵本にもなり、多くの子どもたちに親しまれてきました。

平成12年1月上旬のことです。私はたまたま目にした読売新聞の記事から、「スーホの白い馬」の合唱曲づくりを計画している馬頭琴奏者、李波さんのことを知りました。李波さんは、モンゴル民話が多くの子供たちに親しまれていることに感激し、その思いを盛り込んだ歌を作り、これを国内外にPRし、その収益でモンゴルの子供のために小学校を建設しよう、そんな夢を膨らませているのでした。

これは素晴らしい、この計画に私も参加してお世話になった内モンゴルへ恩返しをしよう。そう決心した私は、早速新聞に掲載されている実行委員会事務局へ電話を入れたのです。

「島根県雲南市の毛利悦子です。先日のスーホの白い馬の記事を読みました。是非、私にも協力させてください」

「まあ、嬉しい！　私は事務局の山元哉司子《やまもとやすこ》です。島根って出雲大社で有名な」

「そうです。大社から30キロの木次というところです。田舎町ですが山を越えれば広島、フットワークはよいですよ」

「岡山の人もおられます。是非、一緒に活動しましょう。一度名古屋にいらっしゃい、楽しいですよ」

明るい張りのある声に魅了された私です。意義あることには迷わず一歩踏み出す、そう決めている私は、早速主人を説得して名古屋へ飛びました。

2月上旬、名古屋の町の一角で開催された実行委員会には、事務局の山元さんをはじめ、柴田文さん、森山悦子さん、浅井悦子さん（私を含めて悦子は3人）それに岡山の竹原美保さんなど10人ぐらいの方が集合されていました。

当時、李波さんは名古屋を拠点に馬頭琴奏者として全国を飛び回っておられ、その合間に、名古屋で馬頭琴教室を開き、毎月数回愛好者に演奏の指導をされていて、その教え子約20人が賛同者となり、歌作りの実行委員会が組織されていました。私と岡山の竹原さんを除き、皆さんは馬頭琴教室の教え子でした。

山元さんの説明は次のようなものでした。

――今の日本人の大人はスーホの馬のような心のつながりを忘れている、しかし子供の中にはその心があり、この物語に大きな共感を覚えてくれている、是非とも子供たちの協力を得て「スーホの馬」の素晴らしい歌を作りたい。

李波さんの信念は仲間に伝わり、この目的に向かって計画はつくられていました。

まず、全国の小学生から物語についての感想文、詩、絵などのメッセージを募集する。これをもとに曲を李さんが、詞を荒木とよひささんが作る。お披露目コンサートは5月10日、名古屋市中区の市民会館、来場した子ども達と一緒に合唱をする。当日は全国から募集したメッセージを開場に掲載する。

歌は将来、中国語やモンゴル語でも発表することとし、実行委員会では7月末に内モンゴル中部のシリンゴル高原でコンサートを計画中。できあがった歌のＣＤを制作して国内外に販売し、その収益で内モンゴルの草原に小学校を建設する、まさに壮大な計画でした。

この構想は読売や朝日などの中央紙をはじめテレビなどマスコミを通じて全国の子供たちに呼びかけられ、瞬く間に国中に広がったのです。

私も夫も、名古屋を離れる時点で心は既に実行委員会の一員で、どのようにして島根の子供たちをこの運動に参加させるか、そのことで頭はいっぱいでした。

私の教員現職当時、出雲地方の学校ではこのドラマが小学校2年生の国語の教科書に載っていました。でも今は石見地方の小学校にとってかわられ、出雲地方の子どもたちはこの物語を知らないのです。だから出雲地方の小学生に募集する場合は、まず子供たちにこのドラマのすばらしさを教える必要があります。でも、学校の教科は決っていますから、学習の中でその時間をとるのは不可能です。主人も、すでに教員を退職しているいま、打つ手がないのです。

座して待つなかれ

募集の開始まであと一週間、心は焦りました。

そうだ！　とりあえずマスコミだ！　ＰＲのし過ぎということはない。宣伝しておけば道が開けるだろう。

丁度その頃、木次の山陰中央新報の支局には女性支局長がおられました。そこで私は全国紙に掲載された記事と、事務局から頂いた宣伝用のチラシを手に、支局の門をくぐったのです。

「まあ、毛利さん、この頃外国で折り紙をしてご活躍と伺いましたが、スーホの馬の歌づくりですか」

「私がお世話になった内モンゴルの恵まれない子供たちに小学校を、今そんな素晴らしい構想がスタートしているのです。島根の子供たちに、協力してもらいたくて」

「日本人のルーツはモンゴルと言われています。協力しますよ。どうぞそのチラシを手に、カメラにおさまって下さい」

支局長は歓迎し､笑顔でカメラを向けたあと､私の説明に耳を傾け､質問をしつつメモされました。

この記事は数日後の2月20日、島根版のトップに掲載され、県下の多くの読者を引き付けました。殊に人目を引いたのは､「児童のメッセージ寄せて」の大みだしと、パンフを手にした私の顔写真でした。こんなに大きく宣伝していただけるとは、私は、嬉し恥ずかし、その日からわくわくしながら日を過ごしました。

「毛利さん、新聞見たよ、若いねー」

「あの物語は知っちょーで、歌にして学校建設。いいアイデアね」

後輩の教師に電話をしたところ、だれからも嬉しい反応がありました。これなら教科書に載っている石見部だけでもかなり応募があるだろう。2週間が過ぎたころ、そろそろと思い私は名古屋の

「スーホの白い馬」歌作りに参加しよう

児童のメッセージ寄せて

子どもの国際交流を促す民話「スーホの白い馬」の歌作り運動に呼応し、モンゴルから戦後引き揚げた島根県木次町新市の元教員毛利悦子さん(六三)が、物語へのメッセージ応募を呼び掛けるとともに、民族楽器・馬頭琴の演奏家、李波（リポー）さん(四四)＝中国内モンゴル自治区出身＝のコンサート実現を夢見ている。

発起コンサートのパンフレットを手に、歌作りのメッセージ応募を呼び掛ける毛利悦子さん

木次の女性呼び掛け　5月に発表コンサート

歌作り運動は、李さんが活動拠点にしている岐阜県で始まり、十一日に東京で発起コンサートがあった。

児童から集めたメッセージ（詩、絵、感想文、俳句など）を素材に、李さんとプロの作詞家、作曲家らが馬頭琴で伴奏する合唱曲に仕上げ、五月に発表する。

曲は日本、モンゴル、中国の各国語で歌えるようにする予定。CD発売やコンサートの収益金を、モンゴルの学校、図書館建設などに役立て、子どもらの相互訪問も計画している。

「スーホの白い馬」は、愛馬を殺された少年が皮で楽器を作り、哀愁深い音色の馬頭琴として広まったという物語。小学校の国語教科書、絵本を通じ日本でもおなじみだ。

毛利さんは小学三年生までモンゴルで暮らし、教員時代に出合った教材だけに愛着は強い。退職後、子供読書会や視力障害者向けテープの作成に関与。昨年モンゴルの孤児施設で短期ボランティアを体験した。

「まだ日本の戦前のような環境で、学校に行けない子どもが多い」と心を痛めていた折に歌作りの動きを知り、すぐ運動に加わった。

メッセージの応募は二十日から三月二十日まで。問い合わせ先は〒507―0826岐阜県多治見市脇之島町七―四七―七「スーホの白い馬」歌作り実行委事務局（電話・ファクス0572―23―8954）か、〒699―1334島根県大原郡木次町新市一一の毛利さん方（電話0854・42・0526）。

平成12年２月20日　山陰中央新報

事務局に電話を入れました。

「えー、毛利さん、島根でしたよねー、問い合わせの電話が1~2件ありましたが、まだ何も届いていません。感想文も、絵も。岡山の竹原さんからは届いていますよ。負けないように頑張ってください」

わたしは、愕然としました。そして慌てて、竹原さんに電話を入れたのです。

「えー、毛利さん新聞に。私は、マスコミに働きかけはしていませんが、知り合いの先生に頼んだの。今3校から絵や感想文が届いたわよ」

――そうか、座して待つなかれだ、敷居が高くても頭を下げて頼もう。

3月5日を過ぎて、あわてて学校に交渉したものの、出雲の学校は教科書に載っていないから読み聞かせからしなくてはなりません。春休みが近いことと、教科外であるということで、どこの学校からも断られました。
――うーん、困った。こうなればつてだ、知り合いを頼る以外にない。
小学校への直接交渉を諦めた私は、やむなく子供たちに関係する友人を頼り、頭を下げました。
布　勢　小:公民館長に交渉、地域の小学生を公民館に集め読み聞かせ願い、絵や感想文を募集。
三刀屋小:毛利の恩師の80代の男性に依頼、公民館で読み聞かせ願い、募集。
木　次　小:毛利の地元であり、新市の公民館に児童を集め、毛利において読み聞かせ、募集。

出雲朝山小：春日行雄氏と親交のある元高校教師に依頼し、読み聞かせ願い、募集。
浜田和田小：毛利の次男と、次男の妻の父親で元郵便局長とが和田小へ直接交渉して下さった。
その結果、募集期限ぎりぎりに74人から、絵・44点、感想文・64点の作品応募があったのです。

胸を撫で降ろした私は、4月中旬、夫と共に作品を携えて名古屋へと向かいました。

事務局には、全国から寄せられた絵・詩・俳句・感想文が既に4千点も集まっていました。

私は実行委員会の皆さんに交じって集まった作品を分類整理するとともに、歌作りに活用できそうな作品を抽出するという作業に従事しました。教員時代を思い起こしての手際よさから、皆さんから評価され、いつの間にかその作業のリーダー的な存在になっていました。

絵でひときわ目を引いたのは、白い馬が競馬でトップを走る姿、背に乗った王様を振るい落とすシーン、スーホに抱かれて白い馬が死んでいくシーンでした。

また、メッセージで多かったのは、「白い馬は今どこにいるのだろう」「白い馬にあってみたい」「白い馬に聞いてみたい」でした。応募者の大半は小学生でしたが、最高齢は92歳の方でした。

作曲家で馬頭琴奏者の李波さん、作詞家の荒木とよひささんは、子ども達から寄せられたメッセージをもとに8曲の候補曲を作り、監修の作詞・作曲家中村泰士さんと吟味し、モンゴルの大草原で暮らす人々の純朴さが目に浮かぶような「スーホの白い馬」の曲を完成させられました。コンサートでは、独唱を「まゆかちゃん」が、合唱は公募したメンバーで演奏することになりました。

作品の整理分類には意外と手を取られ、コンサートまでに何回か名古屋へ足を運びました。幸い主人は旅行が好きで、多くは車での旅でしたが、天候によっては電車を用いました。

数回の作業により、作品をコンサート会場の入り口に掲載できるよう整理し、飾りつけしたのです。作業が終わって、作品1点1点に目を注いだ私は、この物語に寄せる子供たちの純真な心に触れるとともに、その優しさ、助け合う気持ち、悪を憎む気持ちがひしひしと伝わり、しらずしらずのうちに涙は頬を伝っていました。

平成12年5月　作品選定作業

「悦子さん、お気持ち、わかります。私も同じ」

何回かの共同作業で、実行委員会に親しい仲間もでき、私と同じ「悦子」の名を持つ森山さんも感慨深そうに私の横で目を潤《うるお》しておられました。また、事務局の柴田文さんも感激して、気に入った絵を、カメラに収めておられました。彼女は手先が器用で、手作りの紫色の藍染をいただきましたから、私は折り紙を差し上げ、親しい間柄となりました。

もう1人の親友は浅井悦子さんです。名前も同じでしたが、彼女のお嬢さんは松江に嫁いでおられ、時々松江に来られましたから、特別に親しみを感じていました。

コンサートは5月10日午後6時半から、名古屋市民会館で開催です。当日ソロをされる「まゆかちゃん」をはじめ、合唱する子どもたちは1か月も前からコンサートホールなどで練習に励んでいました。

待ちに待ったその日がやってきました。私たちは周到な準備のもと、午前10時30分、会場入りし、午前11時から8人で絵や感想文などの作品を会場に運び、展示に取り掛かりました。お昼過ぎ、子供たちが心を込めて応募してくれた作品は、音楽ホールの入り口に見事に展示することが出来たのです。

午後6時、会場の名古屋市公民館の前は親子連れなど、たくさんのお客さんが詰めかけ、満員盛況のうちに開場を迎えました。

いよいよ発表コンサートです。私達、遠くからこのコンサートの準備に臨んだものは、事務局の計らいで客席での鑑賞を許されました。私は荒木とよひささんの奥さんの神野美伽さんと並んで、鑑賞しました。

馬頭琴のゆったりとした音色が流れ、やがて高く鋭い音調に。まるで白い馬のいななきのような響きが。そして指揮棒が降られ、子供たちの透き通った美しい歌声が……。ああ、これだ！　これが「スーホの白い馬」だ。私の瞼の裏には、白い仔馬を抱いた少年が現れました。

一　むかし　むかしの物語　白い馬と少年の
今も伝わる　モンゴルの　それは悲しい馬頭琴
　遥かなる草原に　風は吹き　時は流れて
　　ホッ　ホラ聴こえるスーホの
　　　ホッ　ホラ聴こえる馬頭琴
　ホッ　ホラ今でもスーホの
　　ホッ　ホラ聴こえる馬頭琴

二　ある日スーホの白い馬　悪い人に騙された
今も伝わる　山を越え　風の音色の馬頭琴
　遥かなる草原に　冬が来て　時は流れて
　（以下一番、後半の繰り返し）

三　白い馬は言いました　ボクが死んでもそばにいると
今でも伝わる　伝説の　誰が弾くのか馬頭琴
　遥かなる草原に　花が咲き　時は流れて
　（以下一番、後半の繰り返し）

全国の子供たちの夢を乗せて作曲されたこの歌は、モンゴルの馬頭琴奏者、李波さんによって生まれ、いま日本全国に発信されているのです。この歌は、モンゴルと日本の懸け橋となっていつまでも歌い継がれ、やがてモンゴルの草原に小学校が建ち、貧しい子ども達に幸せが訪れる、このことを確信する私でした。

のぼせもん

1か月後、事務局の松尾徳人さんからコンサート収支報告があり、今後の計画への呼びかけがありました。

「入場者420名、残念ながら経費が上回り収支は45万円の赤字持ち出しであった。だが、歌は全国に発信され計画はスタートした。秋以降CDの製作に入り、本格的な計画に向けた資金活動が始まる。まずはその前に、制作した歌を引っ下げてモンゴルの草原に飛ぼう。子供たちと一緒に、馬頭琴の伴奏をバックに高らかに歌おう」と。

木次小学校で教鞭をとっていた昭和61年当時、私は馬頭琴を購入しました。

子ども達はスーホの白い馬の民話が大好きで、私が何も言わないのに、感想文や絵を描いて見せてくれました。実は、子供たち以上にこのドラマに魅せられていたのは、私だったのです。

その頃米子の公会堂に中国の音楽家が遠征し、その中に馬頭琴奏者もいました。内モンゴルのことなら何でも学ぼう、そう決めていた私でしたから、主人を誘って米子に飛びました。5～6人の演奏家の中に、馬頭琴奏者がいました。感動のうちに演奏会が終わると、私は楽屋を訪ねました。

「私は40年前、内モンゴルの小学校で学んだ毛利悦子です。馬頭琴が欲しいのです。お世話していただけませんか」

「えっ、馬頭琴を！　そう、小学校の頃モンゴルにねえ、それで馬頭琴ですか。それは嬉しい。お世話しますよ」

「まあ、嬉しい、スーホの白い馬の馬頭琴ですよ」

「スーホの物語、日本で人気ですねー。嬉しいなー、日本でも購入できますが、化学繊維で造られています。買うのなら本物ですよ、少々高いですが」

のぼせ者の私は、日本語の達者な初対面の彼に馬頭琴の世話を頼んだのです。

待つこと約2か月、原産地の内モンゴルから本物の馬頭琴が届きました。ぐるぐると何重にも包装された荷物の中から美しい馬頭琴と1本の弦が出てきました。値段は送料を含めて50万円、高いとも思いませんでした。

モンゴルにいたとはいえ、私にとって初めて手にする楽器で、弾くことはもちろん、扱い方さえも分かりません。でも、子ども達に見せたくて、胸を躍らせながら木次小の教室に。

「えー、それが馬頭琴、スーホが作った馬頭琴！」

「うわー、凄い、僕、弾きたい、先生、触らせて！」

予想通り、子供たちは大騒ぎをして取り合いました。


演奏会が終わり110日後の7月29日、私たち夫婦は25人の仲間と共に「内モンゴル馬頭琴と国際交流の旅」に出かけました。

関空を出発、北京のホテルで1泊し、翌日は目的地のシリンホトまでの7百キロをバスの旅、31日は草原までの50キロをバスに揺られ、夕方、ついに目的地の大草原に到着しました。

遊牧民がモンゴル式の礼式で歓迎してくれた後、翌日から夢のような3日間が始まりました。

1日目
○モンゴル夏の祭典「ナーダム祭り」の見学。
○宿泊となる「パオ」の組み立てを体験。
○満天の星空の下、李波さんの馬頭琴の演奏鑑賞。

2日目
○乗馬体験：親切な指導者に手ほどきされ、初心者の私でもすぐ乗れて草原を散策、楽しさを満喫。
○遊牧民が利用する井戸の見学：家畜の飲み水などを確保する深さ10メートルの井戸で水汲みを体験。

平成12年７月　モンゴル草原での合唱風景

○夜は大草原でのキャンプファイヤー、李波さんの演奏で遊牧民と一緒に「スーホの白い馬」を合唱。

３日目

草原のパオを引き払い、バスでシリンホトに。シリン川ダム見物の後市内散策。飛行機でホテルのある北京へ移動。

最終日は北京空港から関空へ、６日間の旅は感激のうちにフィナーレを迎え、現地解散。

私にとって内モンゴルは第２の故郷、他の人達とは異なった感慨深さがあり、仲間のお世話をしながら楽しい日々を過ごしたのでした。

内モンゴルへの旅行の翌年の５月、すなわち歌が出来てほぼ１年ぶりにＣＤが完成し、事務局の松尾さんからＣＤとともに今後の計画のあらましが示されました。

「大きな旗印となったモンゴル草原への小学校建設は、次のような形で実現したい。学校の建設地は物語の発祥地のチャハル地方。遠くから通う子供たちのために「寄宿舎」も必要である。将来的には日本から講師の派遣などの支援も必要で、建設費は１千万円程度。２百～３百万円集まったら現地の教育庁などと協議して取り組みたい。モンゴル人は大陸的なおおらかさで物事に取り組むため、日本人のような「計画的」という習慣は無いから、現段階で時期などを決めることは出来ない。多くの人達の支援で、歌が出来、CDがやっと完成した。1枚1枚のCDの積み重ねでモンゴルに小学校の建設が出来れば……。そんな思いを日々強くしている」

大々的なマスコミ報道は前年の5月のコンサートの前後で終わっていましたからCD販売はやや時期外れの感がしました。何はともあれ前へ進もう、私は主人と共に出雲部を中心に歌のPRをするとともに、CDの販売に打って出ました。

まず、昨年の歌作りの際、感想文などを応募してくれた我が家の隣保「新市」の子ども12名にメッセージを発信しました。

「きょねんは「スーホのしろいうま」のかんそうぶんをありがとう。よせられたかんそうぶんをもとにいいうたができました。がくふといっしょにCDをさしあげますので、歌ってみてください。わたしはしばらくまえモンゴルにボランティアかつどうにいってきました。モンゴルのことでしりたいことがあればききにいらっしゃい。ではげんきなからだをつくりやさしい心をそだててくださいね。もうりえつこ」

子ども達に、感謝の気持ちを込めて楽譜やCDを贈りました。

CD1枚千円ですが、曲作りにかかわりのあった人や私たちと親交のある人以外はあまり興味を示しません。ですから手元を離れた約百枚のCDの半分は無料で差し上げることとなりました。

宙に浮いた学校

それからしばらく後、すなわち平成13年初夏のことです。「スーホの白い馬」のことで、愕然とするような内容のペーパーが届きました。

差出人は㈲オフィス「ねこまうす」の代表取締役吉岡容子さん、この方はソロを歌った「まゆかちゃん」のボーカルトレーナーということで、事務局にも時々顔を見せておられました。「オフィスねこまうすの吉岡です。私は、途中から参加することになり、正式に挨拶もしていませんが、松尾さんは私の会社の取締役です。

皆さんとお付き合いが親密になるにしたがって、この企画が実は大変現実的で、とてつもなく重要な危機に直面していることを知りました。小学校を建てるためにはお金を積み立てることが必要ですが、それは容易なことではないのです。

CD1枚の販売価格1000円、制作費は700円、一枚売って300円の収入、今回5000枚製作しましたが1000枚は宣伝用、残り4000枚全部が販売できても120万円の収益にしかなりませんが、これも必要経費で既に飛んでいます。今後の活動にもよりますが、気の遠くなるような枚数を売らない限り小学校は建ちません。今後皆さんはそのことを承知の上で活動されますように」

私は驚いて事務局の山元さんに電話を入れました。いつも張りのある声で応答される彼女ですが、元気のない声でした。

「吉岡さんという方は松尾さんの会社の責任者で、実行委員会の顧問のような立場の方です。実力者に間違いありません。取締役である部下が、このような計画を担っていることを知り、詳細に調べられた結果、ペーパーを発信されたものです。内容はおおむねその通りですが、学校建設が絶対不可能であるとは言っておられません。ＣＤ販売は始まったばかりです、頑張りましょう」

――何ということ。これまで私たちはいったい何をしてきたの。小学校を建てる、という目標を実現するためには、ＣＤを何万枚も売らなければならない？　毛利一人が5百枚売ったところで利益は15万円、一千万円なんて到底不可能、できる訳ない。第一島根のような遠方から参加すること事態、無理があったのではないか。他の人達は馬頭琴仲間、私や岡山の竹原さんのみ立場が違う。

私も夫もショックで、しばし呆然、言葉を失いました。私の場合、内モンゴルを第2の故郷と信じ、過去の人生でお世話になった国に恩返しがしたい、そんな宿命とも思える気持ちからこの企画に賛同し、今日までの1年半活動してきたのでした。

他の実行委員の人達と違って、思い込みの激しい私でしたから、今後どのようにかかわっていくべきか、一人悶々と悩みました。付き合ってくれた主人にも申し訳なく思いました。

「長い人生にはこういうこともあるよ、まだ終わった訳じゃない。計画が存在する以上、打開策はあるかもしれん。責任を負わされたわけでもないから、少し距離を置いて様子を見ながら活動しよう。子ども達にモンゴルのことを教えただけでも、立派な国際交流だ」

夫の意見は的を射ていました。私は少し頭を冷やすことにしたのです。

その年の12月、名古屋のしらかわホールで「リポー馬頭琴の世界」の演奏会ありました。私は主人と共に半年ぶりに名古屋に向かい、友人と再会しました。

その後学校建設の目標はどうなったのか、今どんな活動をしているのか、CDの販売はどうなったのか、それを知ることが大きな目的でした。

だがこの日は、かつて親しく交わった実行委員のメンバーの参加も少なく、話の節々から、リポーさんによる演奏活動は活発であるものの、当時の仲間の結束も弱まり、学校建設については誰も口にしなくなった、というのです。そこで私は、心の整理をしました。

——これまで私は、内モンゴルの貧しい子供たちに学校を、という崇高な目的をもって一生懸命取り組んできた。マスコミを通じて広報などもした。だがどうやら学校建設の実現は難しそうだ。実現できるとしても当分先のことになるであろう。このことは名古屋の方々にお任せすることとして、私の任務は、当初の目標通り「世界平和の道」を追求すべきではないか——と。

さようなら春日先生

約2年間のブランクはありましたが、平成15年（2003年）の夏、久しぶりにテムジンの友塾を訪れ、数日間孤児と寝食を共にしました。多くの子は2年前の顔触れで、数人が新人でした。新しい子もすぐ私になついてくれて、賑やかに楽しく折り紙の指導ができました。『私にはやっぱり折り紙が似合ってる』そう実感しつつ、日々を過ごしました。

春日先生とも久しぶりにお会いでき、語り明かしました。先生に、日本では「スーホの白い馬」の歌を通して、内モンゴルに学校を建設したいとの構想がある、その説明したところ先生は、『学校建設は国との協調が必要であり、そんなにた易いことではない』と仰いました。やはり春日先生のように、現地に密着した活動でないとムードだけで物事は進展しない、つくづくそう実感した私でした。

また、依頼のあった病院を訪れ、入院中の子供や看護婦さんを対象に折り紙を通して交流をしました。ここでも日本の国の人気は高く、折り紙の中でも平和のシンボルである鶴と、ハートが子供たちの人気の的で、ささやかながら国際親善は深まりました。

春日先生は既に85歳を過ぎていらっしゃいましたがお元気そのもので、苦手な冬の寒さをのぞいてフフさんご夫妻と連携して友塾を運営し、国の幹部との交流もしておられました。

ただ、子供たちの中には問題を抱えたものがいて、私の滞在中にも親が連れ戻しに来るなどのトラブルがあって、フフさんが口論しておられ、お世話は大変だなと、傍目にも感じたところでした。

あんのじょうしばらく後、そのフフさんの体調に異変が生じたのです。

「毛利さん、フフさんが出雲の病院に入院されたこと知ってる」

平成20年の冬の事です。友人で岐阜にお住いの中田寿明さんから電話が入りました。フフさんの体調が思わしくなく、医師でもある春日先生のお世話により、日本の出雲の病院で治療を受けておられるというのです。

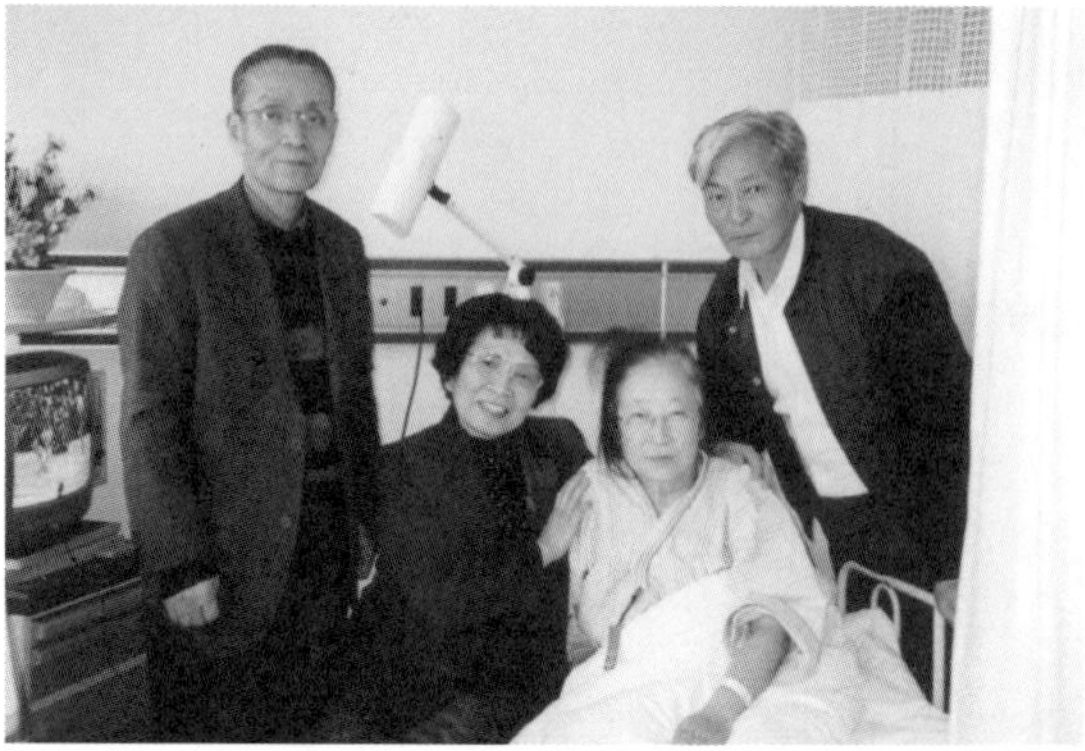

フフさんを見舞う毛利夫妻

折り紙教育の都度、私と子供たちの間に立って通訳をして下さったフフさん、とても優しく、子供たちのお世話や相談相手だけでなく日本語や歌の指導でもお世話になったフフさん、私はいても立ってもおれなくなり、心当たりの病院に電話を入れました。

「その人なら、今日退院されますよ」

島根大医学部付属病院の返事でした。私と主人は驚き、大急ぎで病院に駆け付けました。

フフさんは2年前から血尿に悩み、北京市内で検査を受けられたのですが原因不明ということで、春日先生に相談し、島根医大に入院されたのでした。検査の結果尿管内の腫瘍が原因と判明し、手術され、経過良好とのことでした。顔色もよく元気そうでした。

「フフさん、御免なさい、今日、中田寿明さんから電話が入り初めて知りました。もっと早く聞いていたらいろいろお手伝いが出来ましたのに、本当に御免なさい」

「急なことだったから、連絡できませんでした。私このように元気です、ご心配なく。何もかも春日先生のお陰、手術してすっかり痛みが取れたので、今日退院、近いうちに国へ帰ります」

「それはよかったですね。ゆっくりされて、私の家にでもこられれば……。ここからわが家まで30分、おいでになりませんか」

そうこうしている所へ、春日先生から連絡が入りました。

「毛利さん、フフさんの全快祝いをするから、駅前のホテルにお連れして」

春日先生は出雲市駅前のホテルに滞在中とのことで、そこで、全快祝いをするとおっしゃるのでした。駅前のホテルに集まったのは、フフさんご夫妻・春日先生・岐阜の中田さん・松江の宇田祥子さん・夫と私の7人でした。

フフさんの入院は、医大としても重要案件でしたからマスコミが取材するところとなり、新聞にも出たのでした。報道によれば島根医大と、モンゴル医大とは以前からつながりがあり、交流協定を結んでいる、今後も要請があれば患者を受け入れる、とのことでした。ここにも、春日先生のお力が働いているのでした。

ここ数年モンゴルにご無沙汰していた私は、久々に対面できたフフさんとの再会を喜びましたが、帰国の日程も決まっており、全快祝いはお別れの会ともなったのでした。

その年の秋の事です。我が家に1冊の本が届きました。A4判、3百《ページ》超、重さ5百《グラム》もある見事な本で、表紙には、モンゴルの正装で身を固めた、若き日の春日行雄先生が斜《しゃ》に構えていました。タイトルは「モンゴルに来た日本のサムライ」、著者は「サンボーギィーン・トボードルジ」、監修は春日行雄・Dフフ、版下作成者は中田壽明でした。

毛利幸さま・悦子さま

謹んで永年にわたりいただきました御支援に御礼とご報告のしるしとして『モンゴルに来た日本のサムライ』の秀筆をお送り申し上げます。

南モンゴルの地に形ばかりの足跡を印じましてより69年、ひたすら駑馬《どば》に鞭打って参りました。

（中略）

前川埋吉先生の御遺訓「モンゴル民族のために、地位も名誉も金銭も、命さえ求めず黙々として務め、一人笑って死ね」の宿命よりは、いささか脱線し、赤面の至りであります。

これは、ひとえに御照覧の神仏、先覚諸先生同志諸兄をはじめみなさま、陰に陽にご支援の賜物であります。

有難うございました。　敬白

平成20年（ジンギスハーン・モンゴル開国８０２年）

8月8日　春日行雄」

著者のトボードルジ氏は戦後生まれ、社会主義教育の闘士でモンゴル一流新聞の幹部を経てフリーライター。モンゴルで著名な春日先生の人生を描こう、そう考え１０８の質問を持参して面会され、それを本にまとめられたのでした。

前段は「日本・モンゴル外交樹立35周年記念作品」として、春日先生のふるさと日本、南モンゴルで学ぶ、北モンゴルに抑留、日本とモンゴルのために、など、春日先生の歩んだ人生や今後モンゴへ期待することなどを、後段はトボードルジ氏と春日行雄の対談「モンゴルに来た日本のサムライ」でした。

記述の他に新聞記事や写真、春日先生の直筆が多く、まさに、春日行雄先生の人生の集大成と実感しつつ、１週間かけて完読致しました。

ところが、最終ページに近い１ページの上下に、意外な記述を発見したのです。

モンゴル草原の写真、その説明書きに先生の直筆で「モンゴルの大草原の黄塵と舞い散ってはてるか」と、その下に横浜の自宅の書庫で古書に囲まれた春日氏の写真、説明書きに

「モンゴルにきた
日本のサムライ」表紙

モンゴル育ちの医者

春日行雄　回想録

○序○

明日から、日本モンゴル協会会長の春日行雄さんの自伝「モンゴル育ちの医者」の連載がスタートする。

著者の春日行雄さんは一九二〇（大正九）年十二月二十七日、簸川郡伊波野村上直江（現斐川町上直江）に、元海軍兵曹長で乾物荒物商の春日友二郎・モト夫妻の四男として生まれている。

春日家は十一人兄弟の大家族。春日さんは上から数えても下から数えてもちょうど真ん中の六番目だった。三歳の時に、自動車の下敷きになりながら無傷だったのが命拾いの第一号、以降八十年の生涯で、生き延びた回数は二十二回にも及ぶという。

通信簿で「進取の気性に富むも軽率」と書かれた伊波野小学校時代、友人に借りた雑誌に連載され夢中で読んだ冒険小説の舞台モンゴルに憧れたのが、その後の人生を決定づけた。

モンゴルの民族衣装に身を包んだ若き日の著者＝昭和14年10月撮影

連載では、この少年時代から、代用教員時代、夢をかなえてモンゴルを駆け巡った戦中、終戦後の抑留生活、帰国後の医師としての奮闘、さらには船医として世界の海を巡り、日本モンゴル協会を設立して日本とモンゴルの国交樹立、友好交流に尽くした日々、そして現在までの数々のエピソードを、本人の言葉でつづってもらう。

少年のころの夢、モンゴルと日本のかけ橋に生涯をかけた春日さんだが、決して全ての夢がかなったわけではない。時には夢破れて失意に沈む時もあった。しかし困難に怯むことなく、無鉄砲とも思われるほどの行動力、バイタリティーで活路を切り開いて見せる。

胡桃沢耕史、森田雄蔵など名だたる作家たちが、その波瀾万丈の生涯を小説にしようとしたが、いずれも作品化できなかった。「小説はあくまで作り事。私は真実を伝えたい」という春日さんは、「郷土への遺書」との決意で連載に取り組んでいる。

春日さんは一九五七年以来、横浜市に住んでいる。毎年六月からの三カ月間は、九七年にモンゴルの首都ウランバートルに私財を投げ打って作った、孤児たちのための寮「テムジンの友塾」で過ごしている。

モンゴルでの夏には、夜間にオートバイの荷台にしがみついて、狼のいる草原を約二十キロ走り抜けたり、羊泥棒と渡り合うなど、今もなお冒険活劇さながらの活躍を見せている。今年もモンゴルに飛び立つ。

島根日日新聞編集部

モンゴルでラクダに乗る著者（近影）

平成13年6月5日　島根日日新聞

「ヨコハマのベッドで古書を読みながらみなさま、ハイ、サヨナラか、88歳」と。

墨字は直筆の印刷文字です。私はこのページでしばし立ち止まり〝春日先生は死を予告しておられる、先生らしい冗句だな〟と思いながらも、不安な気持ちが頭をよぎったのでした。

ところがどうでしょう、それから1年8か月後の平成23年の6月2日、予告が現実となったのです。先生は自宅の書庫で倒れられ、横浜市内の病院に入院、しばらくしてお亡くなりになったのです。90歳でした。

思い返せば、平成10年以降、松江で、斐川で、モンゴルで、横浜で、出雲でと、ほぼ毎年のように私に歩む道を教示してくださり、支援して下さいました。殊に、モンゴルにおける折り紙を通しての国際親善、平和学習は、先生の指導なくしては実現し得ないものでした。一介の私に、大きな力を与えて下さいました。

モンゴルの恵まれない子供のために『テムジンの友塾』を作られて13年、自己犠牲により日本とモンゴルの友好親善をここまで促進された先生は他にいらっしゃいません。医師であり学者であり、行政マンであり作家でありボランティア活動家である偉大な先生。即断即決、金・嘘・地位・名誉などの欲の微塵もない先生、このような偉人は、島根から、いえ、日本からもそうそう出ないことと思います。

先生に心の底から「ありがとうございました」とお礼を申し上げ、ご冥福をお祈りいたします。

八　足元を照らす

日本軍の暴挙

世界平和のために活動する以上、戦時中、日本が中国などに対しどのような悪らつな行為をしたのか、そこらの歴史的な流れについて、しっかり把握する必要がある、そのように考え、平成17年（2005年）以降、毎年のように夫とともに満州や中国、韓国などを訪ねました。

冒頭にも触れましたように満州事変は、1931年（昭和6年）9月18日の夜、奉天郊外で南満州鉄道の線路を爆破し、これを中国軍の仕業だとして、強引に開戦し、約6カ月で満州と内モンゴルの東部を占領した日本国の最初の侵略戦争です。

満州侵攻の過程で日本軍の執った暴挙として「平頂山《へいちょうざん》事件」があります。この現場を視察し、そこで知った許しがたい戦争犯罪から説明いたしましょう。

この事件は、満州の我が国の管理下にあった「撫順炭鉱」が襲撃を受けたことから、1932年9月16日、その仕返しとして罪のない平頂山村の住人3千人を「写真を撮ってやる」と騙して平頂山の崖下の広場に集め、機関銃で撃ち殺し、崖をダイナマイトで爆破して死体を隠したという暴挙です。

当時４歳で、目の前で家族全員が皆殺しにあった「方素栄」さん、その方の証言集会が現地で開かれました。

彼女は80才に近い高齢でしたが、記憶は鮮明で、重傷を負いながら助かったものの、生き残りということが日本兵にばれると殺されるため、21歳まで口をつぐんでいたということです。

彼女の４歳時の記憶を辿った、告白のあらましです。

「住民たちは村はずれの崖の下に集められました。そこに写真機のようなものが置いてあり、黒い布がかぶせてありました。３千人もの村人が集合し指示に従って座ると、黒い布がとられ、それは機関銃でした。住民が驚く間もなく日本兵は一斉に銃を発射し、祖父は私を抱いたまま倒れ、私は頭に痛みを感じながら祖父の下敷きになりました。上の弟がはい出して「マー（媚）！」と大声を出したところ、日本兵が走って来て銃剣で上から何度も突き刺しました。私は眼を閉じて動かないようにしました。夕方になり日本兵がいなくなったので死体の間からはい出し、血が水のように流れる死体の間を、ぴちゃぴちゃと音をさせながら逃げ出し、助けを求めて歩きました。どこの家も燃えており、私は重傷を負いながらも助けられました。日本兵に見つかっては殺されるということで、30キロメートル離れた親戚にかくまわれました。そして、病院にもゆけず、名前を変えて育てられました。

終戦後の昭和24年、中華人民共和国が建設され、かつての日本軍から受けた被害を訴えるという運動が広がり、21歳になった私は日本人戦犯に事件のことを話すこととなりました。事前に教育を受けた私は、戦犯を刺激しないように、悪いのは日本の軍国主義で日本人ではない、と断ってから、村人が1人残らず殺された様子を克明に話しました。

私が話し終わった時、2人の日本人戦犯の方が近寄られて跪《ひざまず》き『私を殺してください。大罪を犯したことを悔いています』と泣きながら訴えられました。

その後1970年に遺骨の一部が発掘され、遺骨館ができました。横たわる骨の中に子供を抱いた白骨があり、私は、母と下の弟ではないかと思い、引き取りたいと申し出ましたが許されませんでした。

長い年月を経た今も事実はなくならず、私たちの恨みは消えません。日本政府はこの事実を認めて謝罪し、賠償して欲しいと思います」

私達訪問団は、日本人の暴挙に顔面蒼白となり、中にはいたたまれなくなり証言の途中で会場を抜け出す者もいました。辛さは口で言い表すことが出来ず、涙と憤慨の1日でした。

次に、日中戦争や第二次世界大戦期、満州のハルビンに設置されていた、生体実験施設の記念館、「731部隊罪証陳列館」での、目を覆いたくなるような光景について説明します。

731部隊というのは、満州に拠点を置く細菌戦に使用する生物兵器の研究・開発機関で、生きた人間を使って人体実験や生物兵器の使用を行っていたという施設です。

病原菌を培養して、生きた人間に注入するなどの実験で、対象者は、敵国の捕えられた兵士やスパイ容疑者、民間人など3千人を超えたとされています。私たちは当時の生体実験の状況を再現した「罪証陳列館」に立入りました。

陳列館は、人を逆さまにして吊った場合、どれぐらい生きていられるかの実験の跡だそうです。その先に生体実験台があり、腹を切開された死体の模型がありました。生きたまま腹を切開して内臓を取り出した場合、人体はどうなるか、内臓はどの程度機能を保てるかの実験の場でした。天井から名札が吊られ、トンネルになっていました。殺された人の名札とのことで、何百枚もありました。

731部隊建物

米軍による７３１部隊関係者からの事情聴取により、「１９４２年、日中戦争において12回生物兵器を使用した、ペスト菌で汚染された蚤《のみ》の空中散布や、チフス菌を井戸や畑の果物などに撒いた、細菌入りの饅頭を食わせた」これらのことが明るみに出たようです。

また、元７３１部隊所属の金子順一軍医の論文によると、２０４０年６月４日、日本軍が吉林省の農安で蚤５グラムを撒いたことで１次感染８人、２次感染６０７人、同年10月27日には寧波で２キロを軍機から投下し、１次・２次感染合計１５５４人、41年11月４日には常徳で１・６キロ投下し、２８１０人を感染させた。６つのケースの細菌戦で感染による犠牲は計２万５９４６人に上ったと記録されているようです。

私たちは、人体実験の生々しい陳列品に、ただただ恐れおののき、眼を覆ったのでした。こんな恐ろしいことが人間に出来るのか、戦争とはこのように人間を変えるのか、腹の底から怒りが湧き出ました。日本人の多くがこれらのことを知らない、このような野蛮な行いを繰り返さないためにも、真実を伝えねばならない、私はそう強く思いました。

侵略する側であったドイツは、犯罪を認め誠実な謝罪と補償を続け、被害国から許される国になることが出来たと聞きます。日本も侵略の事実を認め、誠実な行動を積み重ね、中国・アジアの人々から信頼される国に変わらねばなりません。

次に、祖国に帰ることなく逝った開拓民の墓地、ハルピンの方正日本人公墓、中国養父母公墓、さらに、方正地域の稲作指導に力を尽くした日本人藤原長作の記念碑にお参りした時のことを説明します。

平成18年９月17日　説明を聴き涙する参加者

この公募や記念碑は、1963年、日中が国交を回復する9年前に周恩来首相ら当時の中国政府の指導部によって建立され、今も中国政府によって管理されているのです。「祖国に帰ることなく逝った開拓民も日本軍国主義の犠牲者である。すべての人間から苦しみをなくすことを共通の目標にすれば、互いに尊敬することができる」この周首相の思想が、今も生きていると感じました。

私たちは、中国の大きな愛を感じながら、献灯・献花・献香し、同行した僧侶の読経に合わせて合掌しました。

続いて撫順戦犯管理所について説明いたしましょう。

昭和20年8月、永かった戦争は日本の敗戦をもって終結しました。日本兵は「ああ、これで日本へ帰れる」と喜こんだのもつかの間、中国の各地から兵隊を乗せた汽車の向かったところは極寒の地、シベリヤでした。日本の兵士たち60万人は捕虜となり、重労働を耐えました。命さえあればいつか日本へ帰れる、そう励まし合って耐えてきました。60万人の捕虜の中に平頂山事件や731部隊のような悪辣極まりない戦犯兵士969人の組織がありました。5年が過ぎた夏の日、この組織に出発命令があり、いよいよ夢に見た故郷へ、と思っていたところ、兵士を乗せた貨物列車の着いたところは満州、撫順の街にある捕虜を収容する戦犯管理所だったのです。

「ああ、これでおしまいだ」牢獄の中でわめきたて、自暴自棄に陥った日本兵でした。

ところが、この969人の戦犯の扱いは違ったのです。中国政府の「戦争を憎んで個人を憎まず」という人道政策の下、管理所職員の温かい世話を受けるところとなったのです。

自分達は今まで残虐なことをしてきたから、今度は仕返しとしてひどい目に合わされるだろう、そう観念していたのですが、あにはからんや1日3度温かい食事を与えられ、自由に過ごすことを許され、3年が過ぎました。

やがて1人1人が中国人に対して行なった残虐非道な行為を自ら反省して文に綴ったのです。本当の人間性を取り戻すことが出来たのでした。

969人の戦犯は1人も処罰されず、日本に帰ることを許されました。天津から興安丸に乗り船出した際は、戦犯管理所の先生たちが波止場で上着を振って見送って下さったのでした。

なんという、中国指導者の温かさ、心の大きさでしょうか。やがて帰国した969人は、中国帰還者連絡会を組織し、二度と戦争をしない日本にするために自らの戦争体験を語り、人々に戦争とはいかに悲惨で非人道的なものであるかを訴え、平和な国づくりに努力しているのです。

中国がなぜ平頂山事件や731部隊の兵士のような戦犯をこのように扱い、1人残らず帰還させたのか、このことは前にも説明しましたが、それには実は訳がありました。

そのころの中国は、毛沢東と蒋介石が主導権争いをしていたのです。

北京を拠点とした毛沢東や周恩来の指導する路線と、台湾を拠点とする蒋介石の路線です。国際的に良い評価を得ようとした毛沢東の意をくんで撫順戦犯管理所の指導者は、6年の歳月をかけて全員に反省をさせ、処罰することなく帰国させたのです。その後、日中国交正常化を果たした田中角栄は、これらのことを承知の上で毛沢東路線を選択したのです。

確かに、それはあったのでしょう。しかしそこへたどり着く6年、撫順戦犯管理所の職員は、心の中から日本人戦犯に対して、温かいふるまいをしたと言われています。

悪に対してひたすら善をもって対処し、鬼から人間へと真心を取り戻させた、そのことにより日本人戦犯の誰もが心から反省し詫び、反省文を綴ったのでした。

私たちはこのことを学ばせていただき、中国政策のスケールの大きさに驚くとともに、管理所の職員の人間愛に心から感銘を受けたのでした。

35年間の韓国支配

さて、ここで韓国に話を移しましょう。

私達は、アジアにおける我が国の戦争の歴史を学ぶ過程で、韓国の平和学習の旅へ参加しました。

わが国と最も近い国、歴史的にもつながりの深い韓国は35年もの長い間日本の管理下にあり、今でも大きなしこりが残っています。その一つが慰安婦問題です。

「慰安婦」とは、日本の軍隊が外国の占領地に設けた慰安所において軍人・軍属の性の相手をすることを強要された女性たちのことです。犠牲者の中には韓国以外の国の女性も含まれていたようです。

慰安婦制度は、1937年から1945年の敗戦時まで続けられました。慰安婦問題が社会的に取り上げられたのは、1991年被害女性の1人が公に証言したことからのようでした。

日本大使館前で集会をする元従軍慰安婦

韓国の広州市にある「ナヌムの家」(分かち合いの家)は、社会福祉法人が運営する元慰安婦の保護施設で、「被害の歴史を昇華させ、平和と人権の聖地にすること」を目的に設置されているようです。ただ、それを運営する管理者と、元慰安婦、韓国政府の間にさまざまな行き違いがあり、そこへ日本政府が絡むものですから、その運営は難しい問題になっているようです。

現状はさておき、私たちは元慰安婦であるハルモニ(老女)さんから耳を塞ぎたくなるような体験談を聞かされました。

「日本人から、良い働き口があるなどとそのかされ、11歳から15歳の何万人もの朝鮮の少女たちが日本軍兵士の慰安婦として中国の各地に連れ出されました。性の相手をすることを拒否すれば殺され、あるいは山の中へ連れてゆかれて置き去りにされ、そこで命がたたれ動物の餌になりました」と。

日本人はなんという恐ろしいことをしたのでしょうか。私は話を聞きながら涙し、ただひたすら「許して下さい、御免なさい」ということが精一杯でした。

次に、ソウルの西大門独立公園にある「西大門刑務所歴史館」視察の状況です。

この施設は、大韓帝国の末期の１９０８年に「京城監獄」として開所し、日本統治の始まった１９１０年、名称を「西大門刑務所」に変え、戦争が終わり日本から独立が実現するまでの間、独立運動の活動家が投獄、弾圧されたのでした。

この施設で特に目を引いたのが「民族抵抗室」と「地下拷問室」です。日本の支配に抵抗した活動家が拷問と抑圧を受けた部屋のようで、残虐な拷問の様子が再現され、かつての日本の植民地政策の様子を覗き見るようでした。

今の日本人は、先の大戦のさなか、日本が中国などで行った残虐な行為はほとんど知りません。

私はこの10年、満州・中国・韓国など、我が国とかかわった悲劇の地を訪ね、この眼で見てきた悲惨な現実をもとに、出雲部の自治体や学校、婦人会や民間団体で平和の大切さを語る一方、内モンゴル、外モンゴルを訪問し、折り紙による平和学習を通して、戦争がいかに悪いことかを訴えて参りました。

ただ、このような活動は外でのことで、我が家において、子や孫には話すということはありませんでした。

私には2人の男の子がおり、長男の「寿」一家とは同居ですが、次男の伸一家は浜田で生活しています。

息子の成長期と違い、孫の時代は我が国の安定期で、比較的生活にもゆとりがありましたから、孫たちは正月やお盆などはよく私の家に泊まりでやってきて、木次の生活を楽しんでいました。

平成23年の夏休みのある日のことです。

「今夜はお婆ちゃんの戦争体験を聞かせるから、夕食が終わったらみんな部屋においで」

午後8時半、5人が揃って私の部屋へ参りました。

「戦争というのは辛く悲しいことだから家ではあまり話していなかったけど、あんたらも大分大きくなったからね」

私は襟を正し、孫たちと向き合いました。

「あんたたちが、今ここに居れるのは誰のお陰だと思う」

「お父さん、お母さんのお陰」

「いや、お爺ちゃん、お婆ちゃんのお陰かな」

「違う、分からんと思うから言うけど、中国の人のお陰だよ」

「ええ、中国人のお陰、何で？」

私は小学校3年生の頃の、あの死に物狂いで中国を脱出した日々のことを瞼の裏に描いていました。

目の前で毎日のように子供が死に、墓を掘って上から泥をかけたこと、食べ物がなく道端で動けなくなっている時リンゴをくれた小父さんのこと、池にはまって助けられたこと、畑の野菜を取って食べたこと、妹の足のできものを口で吸ってやったこと、何もかも洗いざらい話しました。5人の孫は首を振り、頷きながら熱心に聞いてくれました。午後10時を回り、私の話は終わりました。

それからしばらく後、小4の優希から感想文が届きました。「お婆ちゃんの戦争体験を聞いて」大きな文字に続き「どんなにひどいことをされても人を愛する、その気持ちを持っていれば戦争はなくなる」『戦争をしても誰も幸せにはならない、おばあちゃんの話を聞いてそれに気づいた」と。最後に大文字で「戦争をなくそう絶対に」と力強く締めくくられていました。

そんな中、平成27年11月、大東町戦没者遺族会主催の平和講演会に招かれ、小学6年生を含め300名を対象に、戦争中の日本の悪辣な侵略行為について話しました。

その前年には撫順戦犯管理所・平頂山事件現場・731部隊陳列館など日中戦争の悲劇の地を踏んでいましたから、力を込めた訴えることが出来たのです。

私の真ん前で聞いてくれた6年生は、目を光らせ身動きもせず熱心でした。もちろん大人の方も。

後日、子ども達から届いた感想文そして、山陰中央新報のこだま欄に掲載された児童の皆さんの感想文は多くの方の心を打つものがありました。

おばあちゃんの
戦争体験話を聞いて

２０１１年の夏休み、毛利家全員がそろった日、孫たち五人は、おばあちゃんから戦争体験の話を聞いた。五人ともおばあちゃんの戦争の話を本格的に聞いたことはなかったから楽しみにしていた。

夜の8時40分ごろ始まった。話が始まると五人とも無我夢中になって聞いていた。

「日本人は、アジアの方たちにたくさん悪い事をした。」

「人の事を思っていかなければならない。」

「もう絶対に戦争をしてはいけない。」

おばあちゃんの一言一言がむねにひびいた。なかでも私の心に残った事。それは、おばあちゃんたちが食べる物がなくてもう死にそうになった時、中国人の人がたくさんの果物をおばあちゃんたちにさし出した事だ。日本人は中国人にもひどい事をたくさんした。それなのにその中国人は、相手が日本人だと分かっていても、果物をくれたのだ。それを聞いた時、私は思った。どんなに自分たちがひどいことをされてもとにかく人を愛するということを。世界中のどの人もその気持ちを持っていれば、きっと戦争はなくなるだろう。そして、戦争をしても何の意味もない、戦争してもだれも幸せにはならないということを、だれもが気づかなければならない。この日のおばあちゃんの話を聞いてそれに気がついた。

命を大切に　人を大切に

戦争をなくそう絶対に

平成23年11月　毛利優希（小４）

日本は何をなすべきか

大東町での平和講演会の翌年、すなわち平成28年、聴講して下さった遺族会の役員から「満州に連れて行ってほしい」と要請があったのです。

私は、満州の戦地をガイドできるほど詳しくありませんでしたが、せっかくの要請でありお受けすることにしました。

時期は5月、参加者は雲南市遺族会の難波幸夫会長さんはじめ役員の方、それに国際交流協会の会長ご夫妻、東京在住の中国残留孤児の方と私を含め7人でした。

車を相乗りするなどして関西空港に到着、関空にはあらかじめ連絡していた明治大学の教授で、中国人の張宏波さんが待っていらっしゃいました。

張さんは30代後半の女性で、私はそれ以前から交流があり心強い存在でした。彼女は日中友好に関係した仕事もしておられたことから、今回の訪問のために行程作成、訪問先との連絡調整などのお世話になったのでした。

私達は関空を出発、行程に従って満州の地を踏みました。

日本戦犯の地満州、先ずは撫順戦犯管理所です。

中国人に蛮行を働いた日本人戦犯が管理所で6年にわたって人道的に扱われたことで、目を覚ました、このことについては前述いたしました。

私達一行は、中国のスケールの大きい政策と、人々の優しさを実感し、感激したのです。

次に、方正日本人公墓です。中国幹部は、日本人戦犯や開拓民を軍国主義者の犠牲であるとして手厚く葬って下さった、このことを実感しました。憎しみを超えることや、加害を赦すことは容易ではない、なのに……。参加者全員が、中国の人道的な寛大措置を心の底から感謝しました。

参加者のリーダー、難波会長さんはハーモニカの奏者で、お墓に向かって日本の名曲を演奏し、故人の霊を慰めてくださいました。

印象的であったことの一つとして、戦犯管理所の孫傑所長の心のこもった握手です。手を固く強くしっかり握って下さいました。子供のころ父が「周恩来首相の握手は本物だ。心のこもった固い握手をされ、その時の澄んだ瞳が忘れられない」と話していたことを思い起こしました。

現地では、友誼促進会の徐様、兪《ゆ》様が早朝から夜遅くまで誠心誠意お世話して下さいました。殊に、80歳と高齢の私に対して心配して下さっていると感じられ、中国の方が美徳とされている〝高齢者を大事にする〟という心情を実感したのです。

でも、中国の人達にとってはそれが当たり前のようです。日本人が不思議に思って問いますと「会う人皆友人だから、優しく親切に礼儀正しく、相手を大事にするのは当然のことです」そんな言葉が返ってきます。

遺族会の人達を始め私たちは、今回の旅行で、中国の熱く温かい心に接して多くを学ぶとともに「戦争は悲しみと憎しみと怒りしか残さない、二度と戦争をしてはならない」このことを心に深くきざみ込みました。

遺族会との戦地訪問以来、私は外国へ行くことを自粛することといたしました。ガイド役を仰せつかった身でありながら、高齢の私には荷が重くミスを重ねたこと、と同時に、身近なことでなさねばならぬことが沢山ある、そのことに気付かされたからです。

まず、中国や韓国との関係の正常化です。最近、日本と最も友好関係を保つべき2つの国との関係が悪化しています。日本はもっと歩み寄らなければなりません。

今の政治家のほとんどが戦争を体験していません。そんな中で、我が国政治家の第一人者である安倍晋三総理は憲法を改正しようとしています。「積極的平和主義」という言葉を用いて、日本の国自体を、再び戦争の出来る国にしようとしています。いろいろと理屈は言っておられますが、煎じ詰めれば「いざというときは戦う」というその一点であり、このような憲法改悪は絶対に許してはなりません。

戦争は最大の人権侵害です。先の大戦で原爆を落とされた日本、国民が心を一つにして戦争反対を唱えなければなりません。私にとって憲法改悪阻止は、戦争への道を閉ざすための最重要の課題です。

戦後生まれのドイツのメルケル首相は、2020年アウシュビッツ収容所の解放70周年に合わせてベルリンで開催された式典に参加して、「アウシュビッツを私たちドイツ人は深く恥じます。人道についての犯罪に時効はありません。過去を記憶し続けることは私たちの責任なのです。当時の痛みや思い出を分かち合い、和解のために貢献しようとその体験を話して下さる方々に、心から感謝いたします。私はその方たちの前に、深く頭を垂れます」と述べておられます。

ヒットラー時代に同盟国であった日本人と日本政府は、この態度を謙虚に学ぶべきであり、中国と韓国との関係改善はそこから始めなければならない、そのように思うのです。

雲南市は尊敬する永井隆博士の出身地です。博士は2人のお子さんに「たとえ自分1人であっても正しいことは勇気を持って行動しなければならない」と教えていらっしゃいます。

毛利元就の子孫である博士は、このように平和の輪を広げるために、我が子に対しても崇高な教育をしておられたのです。

80歳の大台に乗り、外国での活動を自粛することとした私は、活動範囲を出雲部に置き、折り紙教育を手段とするなどして世界平和を唱えるようになりました。

平成27年3月、松江の松徳学院高等学校教師の山本寿子さんから「新聞で見たけど、松江の一畑ホテルで折り紙による平和教育をしてくれませんか」と声を掛けられました。

そのイベントは2011年に発生した東日本大震災被災地を支援するボランティアの会で、カナツ技研工業社長金津任紀氏を実行委員長とする大イベントでした。被災地の物品販売・シンポジウム・防災講演・ピアノ演奏や合唱・お茶席まで備わった格調高いもので、私の平和折り紙には4人のスタッフも参加し、大成功のうちに平和合唱でフィナーレを迎えました。

お声を掛けていただいた山本さんは私より7歳年下のボランティア活動家で、とても顔が広く、彼女のことを知らぬ出雲人は〝潜り〟だとまでいわれているそんな有名人でしたから、私の交際範囲も広まりました。

まず紹介を受けたのが、県庁出身で令和2年雲南市の副市長に就任された吉山治さん。私は副市長さんを訪ねて市役所に出入りするようになりました。

また、山本さん、吉山さんの友人で郷土史研究家の山口信夫さんともお近づきになれました。

山口さんは歴史小説の執筆者で、山本さんから私の講演要旨「生きて生きぬいて」を戴かれ、お目に留まったことがきっかけとなり、私に「自分史を書きませんか」と声を掛けてくださったのです。

内蒙古引揚者から教職へ、中途退職して世界平和の道へ踏み出したという稀有な生きざまが、お目に留まったのでございましょう。

赦《ゆる》しの花

人が行動を起こすのには切っ掛けが必要ですが、その意味において、私がここ数年間力を注いできた赦しの花「あさがお」を広める活動は、地域における平和教育を推進する題材として、まさにぴったりといえます。

まずは「あさがおものがたり」からひもときましょう。

あの撫順戦犯管理所から、元日本兵969人が帰国する時のことです。長い間親身になって導いて下さった管理所の呉浩然先生が、佐賀県出身の副島進《そえじま》さんに近寄られ、何かをそっと手渡されたのです。

「もう二度と武器を持ってこの大陸へは来ないでください。日本に帰ったら、きれいな花を咲かせて幸せな家庭を築いてください」

そういって渡されたのは、一握りの朝顔の種でした。この種は戦犯管理所の庭で育てられたもので、副島さんは帰国すると、この小さな命の種を〝日中友好愛と平和のシンボル〟として咲かせようと、自宅の庭に播きました。

朝顔は日本の土にも芽を出し、春から夏にかけて、目に染みるような美しい花を庭一杯に咲かせました。副島さんは、日本が仕掛けた戦争を忘れてはいけない、亡くなった中国の人達に心からわびたいと思いつつ、九州の仲間に呼びかけ、種を封筒に入れて発送されました。

やがてこの運動は広まり、全国の同志の間で朝顔が栽培されるようになり、人々の心にその伝説が、朝顔が、愛と平和の花として知られるようになったのです。

殊に、副島さんの本拠地の九州で静かなブームとなり「撫順の奇蹟を受け継ぐ会」を発足させ、この物語を『次代を担う子供たちにこそ伝えたい』という思いから絵本の製作へと発展していったのです。

この話題は平成19年1月、朝日新聞の全国版で取り上げられました。

「毛利さん、知ってる？　これって、凄い話ねー」

「非戦の花、絵本に」大見出しの新聞記事です。近所の友達が新聞を手に、我が家に駆け込まれたのです。

「報復の連鎖を断ち切った非戦のシンボルあさがお」新聞を見た私は驚いて、掲載されていた「撫順の奇跡を受け継ぐ会・九州支部事務局」に電話しました。

「いいですとも、朝顔の種ですね。早速送ります。山陰でもどうぞ広めてください。それから、この話を本にして全国に発売中です。よろしかったら送りますよ」

「赦しの花」表紙

「では、友達にも広めますので5冊送って下さい」

数日後に朝顔の種と共に本が届きました。20ページ程度の「赦しの花」というタイトルの本はとても分り易い絵本でした。

あの恐ろしい平頂山事件が、ページをめくるだけで解るのです。その大罪を犯した日本兵が撫順戦犯管理所に移されて人間的に扱われ、自分の罪を隠さずに話し反省している、そして、晴れて日本に帰るその日に、管理所の先生から朝顔の種が手渡された、このいきさつが手に取るように描かれているのです。
――あれから50年……あの時貰った朝顔の種を、私たち夫婦は今でも大切に育て続けています。
『赦しの花』が『非戦の花』となるように――。

本の最後に副島さんのお気持ちを辿《たど》っていました。何という感激でしょうか。私は同封された数粒の種を大切に保管し、春を待ちわびて我が家の庭に播きました。夏になると、見事な藍色の花が咲き、ハートの形をした青々とした葉が茂ったのです。

「ウワー綺麗な花、葉の形が折り紙のハートそっくりね」「私にも種、ちょうだい」

この頃に出雲地方でも「撫順の奇蹟を受け継ぐ会・山陰支部」が立ち上がり、私は山陰支部長で松江在住の野津久夫さんからも種を戴きました。

雲南市遺族会でこの話を致しましたところ、会長の難波幸夫さんから「大東でも栽培したいから協力してほしい」と要請があり、28年4月、大東町の「丸子山公園戦没者を慰霊する忠霊塔」の丘に足を運びました。

集まったメンバーは難波会長、副会長の皆さんなど6人で、地域を見下ろす丘の上の台座に、祈りを込めて種を播きました。

大東町丸子山公園で遺族会の皆さんと

語り継ぐ 戦争と平和 ②

日中友好・愛と平和のアサガオの花

毛利さん宅で咲いた

戦犯として中国遼寧省撫順市の撫順戦犯管理所に収容された元日本兵が、約五十年前に日本へ持ち帰ったアサガオのタネ。愛と平和の願いが込められた花として、全国各地で栽培され、ムラサキ色の可憐な花を咲かせ続けている。熱帯アメリカ原産のマルバアサガオで、日本に多く見られるアサガオよりも花が一回り小さい。今夏、雲南市木次町の毛利悦子さん（70）宅でも咲いた。

敗戦後の一九五〇年、シベリア抑留者のうち約千人の戦犯が撫順戦犯管理所に収容され、六年後、一人も処刑されることなく帰国が許された。この間、戦場で残虐な行為を重ね人間らしい心を失っていた元日本兵たちは、同管理所で人間として扱われるうちに、戦争で犯した自らの罪に気づき後悔の涙を流したという。帰国の際、同管理所で育てられたアサガオのタネが、波止場まで見送りに来た管理所職員から一人の元日本兵の手に渡された。

今春、このアサガオの由来を知った毛利さんは、戦争加害者である日本人を寛大な心で赦（ゆる）した当時の中国の人々の行為に感銘を受けたという。「ぜひ育ててみたい」と、撫順戦犯管理所からの帰還者のうち山陰両県の人でつくる「山陰中帰連」や、帰還者の思いを受け継ごうと若い人たちで結成された「撫順の奇蹟（せき）を受け継ぐ会山陰支部」の活動に関わる野津久夫さん（75）＝松江市＝から、手のひらに入るくらいの量のタネを分けてもらった。

自宅のアサガオの花の前で、毛利さん（左）＝7月24日

苗にして希望者に配り、遠くの知人にはタネのまま送ったりもした。自宅で育てた約二十本が次々と花開き、夏の庭を彩っている。

毛利さんは、小学校三年生だった一九四五年、現在の内蒙古自治区から親子五人で着のみ着のままで日本に引き揚げた体験を持つ。栄養失調や病気などのため、多くの人が引き揚げの途中で亡くなった。この体験から、生かされていることに感謝し、戦争の悲惨さ、命の大切さを伝えたいと、自身の体験を話す活動などを続けている。

花が終わった後、タネの入っているさく果が下向きに付くのもこのアサガオの特徴で、「謙虚さが感じられます」と毛利さんは話す。希望者には採取したタネを分けるという。問い合わせは毛利さん（電話0854・42・0526）へ。

平成19年８月10日　島根日日新聞

翌日から難波会長の水やりは日課となり、夏には見事な藍色の花を咲かせたのです。いよいよイベントです。難波会長の招きで来訪された明治大学の張宏波さんご夫妻、遺族会の皆さんが満開の花を囲んで、心を込めて祈りをささげたのです。

以来、公園の石碑の横に、毎年のように花が咲き、ここに至った経緯や、『赦しの花』のエピソードが、広報版で地域住民に知られるところとなりました。

「鬼」を「人間」へと変えた撫順戦犯管理所での奇蹟は、憎しみと報復の連鎖が続く国際社会に、一つの大きな希望の灯をともしてくれています。私は朝顔の花を広める活動を通して、我が国とアジア諸国との平和交流を進める一方、地域住民、殊に次代を担う子供達に『被害者と加害者が苦難を乗り越え手をつないだことで、被害者の中国から赦された』というこの感動的な史実を、心を込めて訴えているのです。

戦争体験を伝える会

終戦当時、松江を中心とした山陰一円には中国などアジア大陸からの引揚者が多数いました。しかし80年も経った今、引揚者の多くは亡くなり、戦中戦後生まれが数十人存在するにすぎません。

私は、平素からこれらの人を把握するとともに、連絡を絶やさないようにと心掛けてきました。

顔合わせをしようと考えたのは今から15年も前のことで、平成31年4月19日、長年の夢がやっと叶いました。

新聞の読者欄などによく投稿されている境港市の佐々木充弘さん、以前から連絡を取り合っている松江市の金山玲子さん、安来市の佐々木幹法さん、大田市の佐藤重利さんらに呼び掛けて同志をつのり、初顔合わせとなったのです。

出雲市の駅裏にある公共施設「ビッグハート」に集まったのは、5人の他に横田町の東條美智子さん、三刀屋町の陶山京子さん、松江市の稲田恵美子さん、出雲市の水上育男さんの9人でした。

「あなたが毛利さんですか。お若いですねえ―」

「そんなー、貴方こそ、引き上げた時は何歳でした？」

「6歳です。満州各地を1年間逃避しました。飲み水も満足になく、道路端に毛布を敷いて寝ましたよ」

「あれから75年、あの人もこの人も亡くなられました」

私達は、お互いに過去を振り返り辛く悲しかった日々を語り合いました。

この日は、顔合わせと近況報告に多くの時間を費やしました。そして同じ苦しみを耐えてきた同志として横のつながりを深めよう、力を合わせて世界から戦争がなくなるよう訴えよう、このことを互いに確認しました。そして組織の呼称を「戦争体験を伝える会」とし、代表を佐々木充弘さんにお願いしたのです。

私は、頼まれたことは、よほどのことでない限り断ることはいたしません。そんな訳で近年、地域、行政や学校、企業、寺院など様々な対象から平和学習の講師を依頼されています。永く継続している対象に、県の人権同和対策課主催の学習があります。

平成26年1月20日、出雲市の隣保館において開催された「戦争と人権」と銘打ったこの学習は、同和問題に取り組み成功させた県行政が、新たな課題に挑戦するための学習のようでした。対象は出雲地域の県職員が中心で、県の幹部の方もおられたようです。

冒頭に私の歩んだ80年を振り返って戦争の悲惨な歴史を語り、最後に3つのお願いをいたしました。

まず1つは『人権感覚を磨き行動してほしい』です。

私たちは今、人権の時代に生きています。しかし、いまだに人権を無視する発言や行動が巷にあふれています。例えば身体障がい者への差別発言、外地からの引揚者への差別です。皆さんが先頭に立って差別をなくしてほしい。

2つめは『平和憲法守ろう』について。

日本は、唯一の危機ともいえたベトナム戦争への派兵を免れ、過去70年余年、他国と戦闘を交えることなく平和を貫いてきました。その恩恵を受けて国民総生産は世界第4位。ところが、為政者はこれを無視し、憲法を変えてまで防衛という名の戦いを挑もうとしています。「正義の戦争」などありません。国民一人一人が、平和憲法を守るべく、皆さんには側面的な立場で、支援してほしい。

3つめは『地域ボランティアへの感謝』です。

皆さんが情熱をこめて推進した同和教育は成功しました。毎朝の小中学生の登校には地域の差別なく、見守りの人達が安全誘導しています。私も折を見て街頭に立ちますが、雨の日も風の日も街頭に立たれる地域活動者は地域の宝です。行政が先頭に立って感謝の意を表し、活動家を増やすようリードしてほしい。

この日は主催者の配慮により、受講者の感想文が集計されました。

○戦争体験者や語り部が少なくなる中、貴重な話だった。自分たちも次世代に伝えられるよう学びを深めたい。

○平和の尊さ、危うさが分かった。我が国の犯した罪に対し、中国人の暖かさに涙が出た。

○引き揚げが偏見や差別につながったことを知った。今後の課題として、差別をなくすことに取り組みたい。

○地域におけるボランティア活動の重要性を再認識した。自分で何ができるかを考え、取り組みたい。

日々地域で人と触れ合い活動しておられる公務員の方が、私の話を聞き、少しでも前を向いて下さったのです。このことに悦びを感じた一日でした。

話を「戦争体験を伝える会」に戻しましょう。

引揚者でつくるこの会も、コロナで中断しましたが、令和4年4月15日宍道町の公民館で再開しました。

「ロシアが、遂にやったねー」

「攻められるから攻めるとは、プーチンの屁理屈だ、許せん！」

1か月前、ロシアがウクライナを攻め、とうとう戦争になったのです。久々の顔合わせは、この話題でもちきり、その日、ウクライナの被災者を支援するために募金もし、マスコミにも広報したのです。

この日私は、アジアの地図や活動の記録を会場に掲げ、逃避行の道のりや苦しみを披瀝しました。会長の佐々木充弘さんは、当時の思い出を次のように語られました。

私は終戦の翌年の9月、満州を出発、10月、佐世保に到着した。3歳の私は幸い生き延びたが、6歳の兄は米揚陸艦で死亡した。平成19年、兄を偲び妻と娘と引き揚げの地、佐世保の記念館を訪問、観音像に手を合わせた。兄の分まで頑張って生き続けたい、と。

2024年の例会は10月に開催予定です。5人より10人、10人より20人、結束した同志と共に平和鶴を折り、気持ちを一つにして世界平和に向けた新たな行動を起こしたい、そのように考えています。

ウクライナ惨状に思い

松江 戦争体験を伝える会

中国大陸からの引き揚げ体験を語る毛利悦子さん（左）＝松江市宍道町宍道、宍道公民館

第2次世界大戦を経験し、戦後に中国大陸からの引き揚げ経験を持つ住民でつくる「戦争体験を伝える会」の会合が15日、松江市宍道町の宍道公民館であった。参加者同士で過酷な体験談を語り合い、現在進行形で起きているウクライナの惨状に思いをはせた。

伝える会は2018年に発足。引き揚げ体験を共有し、戦争への理解を深めようと毎年1～2回のペースで会合を開いている。

この日は8人が参加。安来市宮内町の佐々木幹法さん(82)は4歳ごろ、家族で満州（現中国東北部）に渡った。6歳だった1945年8月の終戦間際に旧ソ連による侵攻を受け、1年間にわたり満州各地を逃げ回って日本にたどり着いたという。

飲み水さえ満足になく、路上に毛布を敷いて寝ることも。命の危険を感じ続ける日々はウクライナの現在とも重なるとする一方、「今のウクライナの避難民はミサイルや銃弾をかいくぐっている。われわれ以上に厳しい状況に置かれているのではないか」と憂える。

雲南市木次町新市の毛利悦子さん(86)は小学3年生の時に引き揚げた。約3カ月の逃避行では多くの幼い子が亡くなり、ミミズや蛇を食べて命をつなぐ大人を見た。「戦争ほど人が苦しむものはなく、絶対にあってはならない」と言葉を強めた。

体験談を語った後、ウクライナへの支援策を協議。身近な方法で一人でも多くの命を助けようと支援金を贈ることにした。佐々木充弘会長(78)は「ロシアの侵攻はまだ続くのだろうが、希望を絶やさずにいてほしい」と願った。

（佐貫公哉）

令和４年４月16日　山陰中央新報

人生の締めくくり

私には、87年間の人生において、多くの方々との出会いがありました。

まず、外地で触れ合った方々、帰国しての小・中・高・大の学友、教員になってからの先輩・同僚・後輩・教え子です。そして退職して地域社会で、国外で平和活動をしつつ知り得た師・友人・活動家の方々です。

指を折って数えることはとても出来ませんが、数百人にも上ります。そんな方からこれまで戴いた指導や激励、手紙や散文や感想文は、都度私の生き方を教えられ、支援し、激励され、改めさせられていいます。

ここでは、寺領小学校時代の教え子の坂本雅俊君、フフホト生まれの友人で私のことを「お母さん」と呼んで下さっている千葉にお住まいの紅梅さん（今は日本に帰化され、日本名は唐沢美保さん）、このお2人の方の文を紹介させていただきます。

はっきり言えることは、友人とのお付き合いは、同調されるばかりでなく、ある時は厳しく、ある時は優しくかみ砕くように指摘して生き方を変えさせてくださる、勇気を与えてくださる、先の先まで見届けてくださる、そんな交流こそ貴重であり、聞き入れなければならないものである、その時は耳に痛い指摘であるけれども、今となってはそれが正しい道であった、自信をもってそう言

教え子坂本雅俊君からの手紙

毛利悦子　先生

朝夕冷え込む季節になりましたが、お元気にお過ごしでしょうか。

先日は、本店移転のニュースを見て喜んで頂き、ご丁寧にお手紙を頂きまして、誠にありがとうございました。

各メディアに大きく報道していただき驚きました。同時にふるさとに恩返ししたいという自分の考えや志が評価されているのだと認識でき、とてもうれしく思いました。

先日、陶山稔君からも連絡があり、毛利先生と会い、私の話を嬉しそうに噂して頂いたとお聞きしました。恩師である毛利先生にも喜んでいただきよかったです。

私の娘は、現在東京都にある私立の女子高の初等科小学4年生に通っています。あえて規律に厳しい伝統の学校を選択いたしました。娘は、厳しい学校の方針にたまには愚痴を言うこともありますが、「今はわからないかもしれないけれど、厳しい先生だったことを大人になってきっと感謝するようになるよ」と自分のことを思い出しては伝えています。

今の時代人権重視すぎるといいますか、何かと、本気で叱って頂けない風潮があるように思います。私も人の親になることで、特に小学校の低学年でメリハリがある厳しくも、楽しい教育を受けたことは財産だったなと改めて感謝する次第です。

いつも私のことを気にとめていただき感謝しています。何事もなせば成るで、頑張って行きます。また喜んでいただけるニュースを発信していきますので、毛利先生もどうかお体をご自愛されて、引き続きお元気で見守ってください。

平成３０年１１月１９日　　坂本雅俊

友人紅梅さんからの手紙

日本の母、毛利悦子様

私の名は紅梅〈日本名　唐沢美穂〉です。中国内モンゴルフフホト市出身でして、１９９２年１０月に就学生として来日し、もう３０年経ちました。３０年間の間に日本語学校、大学を経て就職し、結婚出産子育て、思えば人生の半分以上が日本で過ごしてきました。

一人で日本にやって来て、ここまでやって来られたのはたくさんの方々との出会いがあったからです。その一人が毛利悦子さん、私の日本の母です。

毛利さんと出会ったのは１９９８年の夏、大学に通っていた私にお世話になっていた方で、騎馬民族の歴史を研究される方からのお誘いで一緒にモンゴルのツアーに参加しました。このツアーは普通の旅行ツアーとは違って、故島根県出身、当時の日本モンゴル協会会長、春日行雄先生がボランテアされているモンゴルの孤児たちを収容し、世話する施設を訪問したり、モンゴルの文化に触れるためにモンゴルのお祭であるナーダム等の行事に参加したり、非常に有意義な旅でした。このツアーに参加されていた毛利さんに偶然に出会ったのが始まりでした。

毛利さんはお父様の仕事の関係で幼小期に私の故郷であるフフホト市〈当時の厚和市〉に数年いらっしゃた経験があったことで、お互い非常に懐かしくすぐ意気投合しました。母とほぼ同じ年齢の毛利さんと出会ってから、当時東京で学生生活を送っていた私と文通したり、島根のおうちに招いてくださって、島根の歴史、文化を紹介してくださって、のちに子供を出産したときに遠方から来られて、常に母のように接してくださっています。

毛利さんから子供の頃、フフホトで過ごされた時のお話と戦争中に日本に引き揚げの時のお話しを聞きました。戦争を知らない世代の私にとって映画でしか見たことのない世界をリアルに聞けて、戦争ってどれだけ残酷かつ悲惨であることが切実に感じました。

私が知っている毛利さんはいろんな社会活動を　される傍ら、自らの体験を講演という形で次の世代に戦争の恐ろしさと残酷さを訴え、そして中国人の温かみを伝え続けています。

そういう正直で気骨のあるお母さんは私が大好きです。

紅梅

祖母は苦労や困難を経験し、自分の時間とエネルギーを犠牲にして、私たち孫に多くの知恵や生きる力を与えてくれました。

思春期には物事の考え方ですれ違うこともありましたが、今となっては、祖母から学んだ根底の教訓は自分の人生に活かされているなと思います。

特に「リーダーシップ」「愛」について学びました。

祖母は自分の信念に忠実で、強い意志と堅い信念は、真のリーダシップを教えてくれました。

また、深い愛情を持ち、困難に直面したときは支えてくれました。祖母の愛は成長するために必要な安定感や自信を与えてくれたと思います。

物質的なものではなく、真の価値があるもので、今後の人生で忘れることなく大切にし、次世代に伝えていきたいと思っています。

毛利元樹

おばあちゃんへ　孫 元樹より

おばあちゃんってどんな人？

「おばあちゃんってどんな人だろう」と不意に考えることがあった。私たち孫にとっておばあちゃんは、〝強い信念を持ち、何事にも全力で努力している〟スーパーな人だ。私は今、小学校教員をしている。仕事をする上で、おばあちゃんの生き方をいつも参考にしている。

「自分の声がけは子どもたちの成長につながっているか」

「子どものよりよい未来の為に最大限の努力ができているか」

おばあちゃんが常日頃から見せてくれた前向きな姿勢をこれからの世代に受け継いでいきたい。だから…

これからも長生きしてね

毛利和真

おばあちゃんへ　孫 和真より

えるのです。

次に私の親族ですが、成長過程で新市の自宅に同居していた長男の次男元樹、浜田に住んでいた次男の長男和真、この2人の文を掲載させていただきます。

そんな私も今年は米寿です。この数年、体力や気力の衰えは眼に見え、あと何年生きられるかはわかりません。

この自分史を書き始め、多くの方との触れ合いや家族や子孫のことを考えながら、残された人生をいかに生きるべきか、再度考えているのです。

やはり、54歳の時に決意し、一歩を踏み出したあの目標、「世界平和のために命の限り尽くす」、これこそ、生涯貫かねばならない課題です。やがて2年後には90歳の節目、自分の身体を使って汗を流して地域のために活動することの出来なくなる私ですが、人づくりということでは、まだいくらか働けるように思います。

では、いかにしてそれを進めるか、その手立てを、直筆でここに掲載させていただきます。

誓いと願い

87歳のわたしにできること　それはこれまで続けてきた
「赦しの花」である朝顔の栽培を広めること
平和を象徴する鶴や鳩を折り紙で折ること
戦争をしない国をめざし、自分の意見を社会へ訴えること
この3つであろうと思います。では、その進め方について書き表してみましょう。

1、小学生に朝顔を栽培させながら平和教育を

雲南市から原爆投下の地、広島まで150キロ、最近、小学5・6年の修学旅行は広島です。新聞の声の欄にこれら児童が感想を投稿しているのをよく目にします。

「世界唯一原爆を投下された国、日本は2度と戦争をしてはいけない」「世界には1万2千62個の原爆がある。これをなくすためにどうしたらよいか」等々です。

私は、これらの児童に、赦しの花 朝顔の栽培をさせて平和教育をしたらと思います。

まず、学校のご理解を得て、中国の撫順戦犯管理所から頂いた朝顔を見せて、「赦しの花」の物語を説く。そして、春に種を蒔かせ、やがて芽が出て花が咲く。この頃に子供達は原爆記念館へ旅行し、平和の尊さを実感する。秋になると朝顔の種を収穫させ、赦しの花の物語を添えて県内の学校へ送る。このことを繰り返すことで将来を担う子供たちに戦争の悲惨さと平和の尊さを教育するのです。

2、地域の人たちに折り紙で平和学習を

古代中国では、鶴は「俗世を離れた清らかな世界に棲む鳥」とされ、日本でも「尊く神聖な鳥・長寿の象徴」とされてきました。

2歳の時、原爆にあい、12歳で白血病となった佐々木禎子さんは、見舞に送られてきた千羽鶴に感激して自分でも鶴を折りました。ひと月で千羽折りました。4300羽折った時点で亡くなられたのです。

ソ連のガムザートフは原爆記念館を訪れ、千羽鶴を見て犠牲者に「鶴となって天国へ行ってください」「戦場の死骸も鶴となって舞い上がって幸せに生きてください」と祈り、詞を作り、これがロシア民謡「鶴」となって歌われています。

日本でも、ダークダックスや鮫島有美子さんが平和を祈る歌として歌い継いでおられます。感動的な歌を聞きながら鶴を折ることで、大人も子供も平和を愛する心をより強くすることと思います。

その後は、我が家から程近い人権センターや、社会福祉会館などへ、子供や、婦人や高令者などを招き、音楽を聞きながら鶴を折っていただき、お話させていただけたらと思います。折る種類は、「平和つる」「五色のつる」「日の出つる」「折羽つる」「夫婦つる」の5種類と考えています。

今、社会でも家庭でも子供たちの間で楽しい語らいの場が少なくなっているように思います。このような現実を考えるとき、折り紙による平和教育はとても有効ではないでしょうか。

3、社会へ訴える

私は、中国引揚者という稀な体験をしており、中国から頂いた恩を世界平和のために尽くすことでお返ししようと、努力して参りました。

今、世界は戦争へと進んでいます。ロシアが、中東が、アジアが、このような動きに　わが国は手を貸してはなりません。「戦いは戦いを生み、恨みは怨みを生みます」どこまでいっても戦いから平和は生まれません。そのことを筆で訴えたいと思います。

そんな意味において、今書いている自分史を読んでいただくことも　多少なりとも参考になるかと思います。私が父母から受け継ぎ、これまで社会に尽くしてきたことを振り返った記録です。

◦恩師や・同僚・教え子
◦国内や外国の友人
◦子々孫々
に贈らせていただこうと考えています。

最後に家族や子孫へのお願いです。

私は物や金に執着はありませんから、あなたたちにさしたる物は残せません。

ただ一つ残せるもの、それは父母から授かった「世のため人のために正しい方向に向いて懸命に生きる姿　それのみです。

人生というものは天から与えられたもので、自分のものに相違ありません。しかし、祖先や地域、先人たちが懸命に努力してくれたからこそ今の自分が存在します。だから人生は「世のため人のために尽くすこと」恩返しこそが大切であると思うのです。

どうぞ　毛利悦子のこの生きざまを遺産と思い受け継いでください。どの子孫にも祖先の血が、毛利家の血が流れています。この尊い教えに倣い、世界平和のためにそれぞれのおかれた立場でささやかでもよい、必ずや行動してください。

孫たちよ
人間とは何か、人間はいかに生きるべきか
これでよいのか、じっくり考えよう
人づくりに　町づくりに
雨にも　風に
雪にも　嵐にも
負けないで　頑張ってきたあなたたちよ
これからの長い人生を
ただ一度の自分の人生を
美しく　温かく　優しく

そうして　強く　光いっぱいの
素晴しい人生に仕上げていくことを
忘れないでおくれ

息子よ
自分の人生を　自分がどう生きようと
勝手じゃないか
そんなことを　考える人間にだけは
ならないでおくれ
もうすぐ　このおばあちゃんは
あなたたちについていって

あげることが
できなくなる日がきます
どうか どうか 光いっぱいの
素晴しい人生に仕上げてください

息子よ
孫たちよ
最後に この母を
理解し 許し 生かしてくれたことを
すべてに感謝します
ありがとう ほんとうに ありがとう

令和6年10月

毛利悦子

あとがき

書き終えて、窓の外の星空を仰ぎつつ振り返ってみますと、あの時、この時の思い出が走馬灯のように甦ってまいります。生き続けた一つ一つの場面が、辛さ、悲しさが足音を立てて脳裏に甦ってくるのです。

母や妹がリヤカーの上で泣きながらリンゴをかじっていた場面、池の中で溺れた私を助けて、焚火で温めていただいたあの場面……。

まさかこの歳まで生かしてもらえるとは、そして今、こうして自分史が書けるなど、あの頃からは想像もできません。今あるのはまさに夢のまた夢です。

人生にはいろいろな出会いがあります。坂村真民の詩に

　人生は深い縁の不思議な出会いだ

その不思議が今の自分を生かしてゆく

とあります。2人の中国人の小父さんは私たちにとって奇跡の出会いであり、生かして下さった命の恩人なのです。

木次に帰ってからの感謝の出会いは、木次小学校6年の担任、古瀬明先生です。

先生の教えを受けて和歌を作りました。先生に作品を読んでいただくことが嬉しくて、学校から

帰ると近くの山を眺めながら夢中で詠んだものです。先生はよく読売新聞の子供欄に投稿してくださいました。

担任を離れられたある日、先生から思いがけないお手紙が届きました。

「毛利さん、君は中国から苦労して引き上げ、帰ってからも辛いことばかりだったけれどもう大丈夫、これからは前を向いて一心に頑張りなさい」

先生は、私の生い立ちや境遇を知り、人一倍目を掛けて下さったのです。そのことを知った私は、以来、悲しい時はそのお手紙を読み返し、涙しつつ前を向いたのでした。

教員になってからの出会いは、東井義雄先生です。

私は〝日本の教育の神様〟と言われていた東井義雄先生に学んだことで、教師という尊い仕事に33年間携わらせていただけました。

先生との御縁は、図書館の本棚で「母のいのち子のいのち」という本を見つけた時から始まりました。「豊かさの中で日本は、大事なものをどこかに置き忘れている……」その頃私は〝何を信じるべきか〟悶悶とした日々でしたから、本を手にとってめくり、たちまち引き込まれました。

ある時、京都への旅の山陰線、偶然兵庫で、写真でしか見たことのない先生が乗ってこられたのです。隣の席が空いていたので勇気を出してお声を掛け、京都までお話をさせていただきました。

この出会いがご縁で先生に深いご指導を仰ぐようになったのです。山陰線のあの出会いこそ、奇跡でした。

次に、島根県4人目の女性校長として活躍されていた飯石郡三刀屋町出身の須山清子先生です。お会いしたことはありませんでしたが憧れの先生でした。私が大原郡初の女性教頭に就任したということで、お近づきになれました。

永井隆博士のこと、馬がお好きでモンゴル育ちの私と共通したこと、そんな話題に花が咲きました。

ある日、先生から一通のハガキが届きました。

「あなたからは過去の苦労の跡が感じられない、前向きな生き方の明るい笑顔で、涙の数ほど人に親切ができる、そんな方に会えてとっても嬉しい」と。

でも私は1年後、教師を退職させていただきました。周囲の反対を押し切って……。唯一、先生のご期待に反したことを申し訳なく思っています。故に初志貫徹、どんなに辛いことがあっても歯を食いしばって今日まで世界平和の道に身を投じてこれたのです。

ここで、世界平和について捕足させていただきます。

先の戦争において我が国はアジア諸国に対して取り返しのつかない過ちを犯しました。加害者であったことをきちんと受け止め、二度と同じ過ちを繰り返してはなりません。そのために我が国に平和をもたらしている根源、憲法第9条を死守することこそ肝要ではないでしょうか。

世界が、国の壁を越えて平和と共存していくためには、お互いが文化の違いを理解し合い、国同志が、一人一人が真の友人として信頼関係を深めていく、このことをおいて他に道はありません。

終わりに、この自分史の指導をしてくださった山本寿子先生、山口信夫先生、今井印刷の佐々木保二専務様、ありがとうございました。

山口先生は私を指導するに当たり「貴方の自分史は毛利悦子一人のものではない、貴方を導いて下さった師、共に歩んだ友人と喜びや悲しみを共有する感謝の記録である、子孫に毛利家、毛利悦子の生きざまを語り継ぐ記録誌である、だから基盤となる歴史的背景や文化、歩んできた足跡を正しく認識していなければならない」そう、厳しく指導してくださいました。

私の、歴史認識の甘さや、文章力のなさについては叱りたいのを我慢して、笑いながら懇切に粘り強く指導してくださいました。

また、とかく折れそうになる私を励ましてくださった山本先生、我が家へ日参して多くの資料の活用を可能にしてくださった佐々木様、ご三方に、心から感謝の気持ちを捧げます。

終わりに、本書を制作するにあたり資料の提供を賜りましたかつての同僚、友人の皆様方、資料・史料の参考使用をお許しいただきました皆様方に、謹んでお礼を申し上げます。

令和6年8月1日

毛利悦子

監修役を終えて

私が毛利悦子氏を知ったのは、今から3年前、山本寿子さんから、彼女の講演要旨「生きて生きぬいて」を戴いたことがきっかけです。

表紙は、中国大陸の道なき道を、重い荷物を背負った老人や子供が逃避行する絵でした。自称、郷土史研究家の私は、早速ページをめくり、彼女の苦難に満ちた人生を垣間見たのでした。

「人生は人のためにある、金は人のために使う、困っている人を見たら、自分のことは後にして助ける」

数か月後、面談の機会を得た私に、彼女はためらいもなくそう口にされたのです。

過去150回を超える講演回数、世界平和のための活動は「現在進行中」であるとはいうものの既に85歳、一刻も早く形あるものを作り訴えるべきだ、そう直感した私は、今井出版の「本づくり」をお勧めしました。

1年後、私は、氏が丹念に記録された第7章からなる自分史の原文を目にしたのです。

『これは自分史に違いない。だが単なる一人の人生の記録誌ではない。世界平和を目指した熟年女性の熱き闘いであり、社会のために広く訴え生かすべきではないか』

そう気付いたのです。

東アジアには何度も足を運んでいる私でしたが、歴史や文化の学びは浅く、一から勉強しなおすこととし、監修役をお受けすることといたしました。

我が国には終戦後帰還し、戦争のない世界実現のために闘っている活動家はたくさんいます。しかし、30余年もの間国内外において折り紙などを通して世界平和を訴えている女性には出会いません。毛利悦子氏は奇特な平和活動家です。

自分史は社会を変えるため広く訴えるものではありませんが、この自分史は性格を異にしています。戦争のない世界には程遠い今日、毛利氏の歩みと主張は、広く世に知らしめるべきであります。毛利悦子氏の崇高な挑戦に敬意を表するとともに、氏の唱えられている戦争のない世界に一歩でも近づくことを切に願い上げ、監修者のことばといたします。

郷土史研究家　山口信夫

毛利悦子の歩んだ道

年	月日・齢	
昭和3（1928）年		毛利家の歴史 毛利家、大原郡木次、斐伊川の辺に生計 毛利家の末裔「繁雄」昭和3年結婚を機に、松江市に奉職、松江市御手船場町に新居を構える
昭和11（1936）年	9月6日	毛利悦子誕生 父「繁雄」母「美登利」の長女
昭和13（1938）年	8月11日	次女篤枝誕生
昭和14（1939）年	9月12日	父、内蒙古自治政府へ奉職 日中戦争、政府の呼びかけに応じ、父のみ単身渡航
昭和15（1940）年	7月・4歳	母以下3人渡支 父の招きで内蒙古厚和（現フフホト）へ家族移住
昭和17（1942）年～		妹公子・允子誕生 17年3女公子・19年4女允子
昭和18（1943）年	4月・7歳	悦子、厚和日本国民学校入学 入学生約80人：担任寺田喜美枝先生

年	月日・齢	
昭和20（1945）年	8月9日・9歳	ソ連参戦。10日、追われて厚和を脱出 男性は任務のため残留、母子5人張家口を目指す リヤカーの農夫に救われる 母子、疲れ果て道端へ、農夫にリンゴを貰い助けられる
	8月15日	張家口で終戦を迎える 歯科医師宅に分配され、天皇陛下の玉音放送を聞く
	8月中旬〜10月中旬	父の友人、桐原宅へ移る ソ連の空襲を受け連日防空壕で夜を明かす 父と再会、食料を求める日々 池の鯉を執ろうとして溺れ、農民夫婦に助けられる
	10月中旬	塘沽港から興安丸にて脱出 108日の逃避行の後、中国を脱出し船で日本へ
	11月16日	帰国　博多港に到着 毛利家6人全員帰国、汽車で木次着、下熊谷の母の実家へ
	11月下旬	母・父の実家を経て新市へ 食事や仕事の悩みを抱えつつ、新市の新居を探し求める
	12月下旬	木次小学校転校受け入れ要請 悦子と篤枝の木次小学校編入、悦子、校長に直訴

年	月日・齢	
昭和21（1946）年	1月・9歳	悦子・篤枝木次小学校編入 木次小学校通学開始
昭和24（1949）年	4月・12歳	悦子、木次中学校入学
昭和27（1952）年	2月・15歳	「引揚者」と差別発言される 進学で生徒・保護者から差別発言され帰宅、母なだめる
昭和27（1952）年	4月・15歳	三刀屋高校入学 悦子に3人の親友が出来る、将来の目標は教員と
昭和30（1955）年	4月・19歳	京都女子大学短期学部入学 バイトしつつ学び、愛媛出身の兵頭弥生、親友となる
昭和33（1958）年	5月・22歳	能義郡比田中学校助教諭 無収入のため日直をさせてもらいつつ、助教に励む
昭和35（1960）年	4月・24歳	能義郡西比田小学校助教諭
	6月	松江市朝酌小学校助教諭
	9月	仁多郡馬木小学校助教諭 教員の小村幸（後の夫）と出会う
昭和36（1961）年	4月・25歳	隠岐郡都万中学校教諭 小村と再会、自宅を訪問求婚され、38年12月28日結婚。新婚生活、 夫幸は知夫中学校勤務

年	月日・齢	
昭和39（1964）年	4月・28歳	隠岐郡五箇小学校教諭 4月、都万中学校から転勤
昭和40（1965）年	4月・29歳	大原郡久野小学校教諭　長男・次男出産 41年4月長男出産「寿」
昭和46（1971）年	3月・34歳	46年3月次男出産「伸」
	4月・35歳	大原郡木次小学校教諭 子どもの日記の書き方を「子供・父兄・教師」の3者方式に工夫、受け入れられ好評、新聞に掲載される この頃、列車の中で東井義雄氏に出会い、親交を深める
昭和53（1978）年	4月・42歳	大原郡寺領小学校教諭 55年、東井先生を木次に招き講演　4月、学校通信「にじ」を発行～　3年間継続～　こども・父母から好評 「にじ」が書籍となり出雲部一円に広まる
昭和59（1984）年	4月・48歳	大原郡温泉小学校教諭
昭和62（1987）年	4月・51歳	大原郡木次小学校教諭 管理職になるよう先輩・上司から勧められる
平成2（1990）年	4月・53歳	大原郡久野小学校教頭 大原郡初の女性管理職として、教頭に抜擢される 母美登利亡くなる、79歳。この頃、蒋介石総統の告文に出会い、世界平和のために立ち上がる決意を固める

年	月日・齢	
平成3（1991）年	3月・54歳	退職 33年間の教職から身を引く
	4月・54歳	福祉活動開始　地元の木次から活動を 子ども読書会を始める　夫幸　毛利家族新聞発行 木次町共同作業所入所者の指導助言開始 木次町社会福祉協議会活動「ふれあい弁当配り」開始 木次仏教日曜学校指導員開始：対象木次小児童、月2回、宗教心や道徳心を育てる、令和6年3月引退まで継続 世界平和の語り部活動 平成3年以降大原郡を中心として年間5～10回平和教育「生きて生きぬいて」の講演。30年間で約150回
平成6（1994）年～ 平成7（1995）年	11月・57歳	県家庭教育研究会 講師を務める 青少年相談員 7年以降県・木次町の青少年相談員を務める
平成7（1995）年	58歳	父繁雄亡くなる 急性心不全　84歳
平成9（1997）年	7月18日	内蒙古自治区成立50周年大会 毛利夫妻記念大会に招待される

年	月日・齢	
平成13(2001)年		夏、母校訪問 悦子、56年ぶりに母校訪問を果たす
平成11(1999)年〜 平成15(2003)年	7月・63歳	モンゴル国テムジンの友塾で平和折り紙講師 出雲市伊波野出身の春日行雄の運営する遊牧民の孤児施設「テムジンの友塾」を訪問、塾生に折り紙で平和教育 テムジンの友塾で寝食を共にしながら平和教育
		モンゴル国立健康センター 入院中の子供に折り紙による平和教育：テレビ放映
平成12(2000)年〜 平成14(2002)年	64歳〜 66歳	スーホの白い馬の歌を作り収益で内モンゴル草原に小学校の建設を 内モンゴル、馬頭琴奏者の李波の呼びかけで活動 ○歌作りのための作品集め：感想文・絵・詩・俳句 ○歌発表会イベントの手伝い：名古屋へ5〜6回往復 ○内モンゴルの草原で歌の発表会に参加 ○国際交流の成果は大きかったが、学校建設計画は中断
平成18(2006)年	70歳	戦争の地沖縄へ家族旅行 子や孫に戦争の悲惨さを理解させる
平成19(2007)年	71歳	雲南市婦人防火クラブ会長会 平和学習の講演

年	月日・齢	
平成20（2008）年	72歳	テムジンの友塾フフ氏を見舞 平和学習の通訳フフ氏、島根医大入院手術を見舞う
平成21（2009）年	73歳	折り紙による平和学習 中国からの研修生に平和学習の講演と折り紙指導、数回
平成24（2012）年	76歳	内モンゴル友好訪問研修会 国際交流と折り紙による平和学習：テレビ中継
平成25（2013）年	77歳	島根県人権センター講演会 県人権センターにて開催の平和講演会講師
平成27（2015）年	11月・79歳	大東町戦没者遺族会平和学習 会員及び小学生など数百名を対象に平和講演会講師
平成19（2007）年～平成28（2016）年		非戦の花あさがおの伝播 日本戦犯が撫順戦犯管理所で渡された朝顔の種を、日本で咲かせ日中友好のシンボルとする。毛利は以降広める
		大東町丸子山公園にあさがおの種をまく 大東町戦没者遺族会長難波幸夫の要請により、丸子山公園戦没者慰霊の丘に6人が参集、あさがおの種をまく
平成28（2016）年	5月・79歳	大東町戦没者遺族をガイドし旧満州の旅 難波会長など6人を旧満州の旅へガイド。撫順戦犯管理所・方正日本人公墓など1週間視察

年	月日・齢	
平成29（２０１７）年	80歳	折り紙による平和学習 山本寿子の呼びかけで、松江市ホテル一畑で平和学習の講師
平成30（２０１８）年	81歳	平和学習講師 ＢＳＳラジオ「シニアの扉」の講師として不戦を称える
平成31（２０１９）年	82歳	戦争体験を伝える会発足 出雲市のビッグハートで組織新設、活動方針協議
令和3（２０２１）年	84歳	郷土史家山口信夫と交流 自分史制作を勧められ、準備に入る
令和4（２０２２）年	85歳	戦争体験を伝える会、活動 宍道町公民館で学習、ウクライナ犠牲者支援募金
令和6（２０２４）年	6月・87歳	雲南市戦没者追悼で平和展 チェリヴァホールにて、筆文字と折り紙で平和をアピール

参考文献

『猛烈医者の履歴書』　春日行雄　芙蓉書房　一九六九
『蒋介石秘録14　日本降伏』　サンケイ新聞社　サンケイ出版　一九七七
『死線からの逃避行』　創価学会反戦出版　第三文明社　一九八一
『にじ』　毛利悦子　金山印刷　一九八四
『拝まない者も拝まれている』　東井義雄　光雲社　一九八六
『いのちの根を育てる学力』　東井義雄　国土社　一九八七
『東井義雄詩集』　東井義雄　探究社　一九八九
『原爆を子どもにどう語るか』　横川嘉範　高文研　一九九七
『自分史づくりの手引』　蛭田敬忠　近代文芸社　一九九七
『「実習」自分史の書き方』　内海靖彦　柏書房　二〇〇〇
『自分史のすべて』　色川大吉　草の根出版会　二〇〇〇
『スーホの白い馬に会ったよ』　かまだしゅんぞう　ハート出版　二〇〇二
『孫たちへの証言』　福山琢磨　新風書房　二〇〇三
『ヨーロッパ史』　大月康弘　岩波書店　二〇〇三

『最後の蒙古浪人春日行雄』　河内美穂　㈱リーブル　二〇〇四
『いのちのことば第1回』　但東町　岩見印刷　二〇〇四
『さよなら紛争』　伊勢崎賢治　河出書房　二〇〇九
『中華人民共和国誕生の社会史』　鈴木哲　講談社　二〇一一
『韓国の歴史』　山崎赤秋　幻冬舎　二〇一二
『日本とモンゴル』　吉田順一　日本モンゴル協会　二〇一二
『台湾・日本統治時代の50年』　片倉佳史　二〇一五
『「スーホの白い馬」の真実』　ミンガド・ボラグ　風響社　二〇一六
『今こそ、韓国に謝ろう』　百田尚樹　飛鳥新社　二〇一七
『平和をつくるを仕事にする』　鬼丸昌也　築摩書房　二〇一八
『目撃・天安門事件』　加藤青延　ＰＨＰ　二〇二〇
『永井隆のことば』　永井隆　サンパウロ　二〇二〇
『中共の正体』　落合道夫　ハート出版　二〇二〇
『聞かせて、おじいちゃん』　横田明子　国土社　二〇二一
『戦後日本の中国観』　小野寺史郎　中央公論　二〇二一
『韓国併合』　森万佑子　中央公論　二〇二二
『宗教と教育』　北島信子　文理閣　二〇二二

『14歳のヒロシマ』　梶本淑子　河出書房　二〇二三
『世界の子どもが幸せにならねば平和はこない』　加納佳世子　今井出版　二〇二三
『僕の仕事は世界を平和にすること』　川崎哲　旬報社　二〇二三

このほかにも、多くの史料・資料を参照させていただきました。

生きて生きぬいて

令和6（2024）年11月14日　発行

著者・発行　毛 利 悦 子

監　　修　山 口 信 夫

発　　売　今 井 出 版

印　　刷　今井印刷株式会社

製　　本　日宝綜合製本株式会社

ISBN 978-4-86611-408-8